武蔵野詩抄

国木田独歩から忌野清志郎まで

正津 勉 編・解説

アーツアンドクラフツ

目次

【武蔵野旧景】

【中央線沿線　I】

装丁◉林 二朗

武蔵野詩抄

西武秩父
秩父山地
本川越
武蔵野台地
埼玉県
雲取山
奥多摩
入間
青梅
飯能
荒川
所沢
東京都
武蔵五日市
西武
新宿線
西武池袋線
関東山地
新宿
立川
JR中央線
高尾
八王子
喜多見
JR中央本線
高尾山
大月
多摩川
多摩丘陵
山梨県
神奈川県
小田急線

『武蔵野詩抄』関連図

【武蔵野旧景】

国木田独歩　山林に自由存す

山林に自由存す
われ此句を吟じて血のわくを覚ゆ
嗚呼《ああ》山林に自由存す
いかなればわれ山林をみすてし

あくがれて虚栄の途にのぼりしより
十年《ととせ》の月日塵のうちに過ぎぬ
ふりさけ見ればば自由の里は
すでに雲山千里の外にある心地す

眥《まなじり》を決して天外を望めば
をちかたの高峰の雪の朝日影
嗚呼山林に自由存す
われ此句を吟じて血のわくを覚ゆ

なつかしきわが故郷《ふるさと》は何処《いづこ》ぞや
彼処《かしこ》にわれは山林の児なりき
顧みれば千里江山《かうざん》
自由の郷《さと》は雲底に没せんとす

『抒情詩』（民友社　一八九七年）

明治一五（一八八二）年、旧い漢詩に代る、西洋の詩を紹介した『新体詩抄』。以来、日本の新しい詩の表現は、森鷗外・北村透谷・島崎藤村・土井晩翠・蒲原有明・薄田泣菫、ほかの俊英らの登場により著しい進展をみる。

明治三〇（一八九七）年、島崎藤村『若菜集』刊行。雁行して同年、新風を吹きこみ評判を呼んだのが、宮崎湖処子《こしょし》・田山花袋・国木田独歩・太田玉茗《ぎょくめい》・柳田（松岡）国男らの詞華集・合著『抒情詩』である。なかでも「独歩吟」なる連作形式のもとに、独歩は、独自の詩境を切り拓いた。うちのこの一篇はのちのちまで愛唱されることに。

「山林に自由存す」。なんとまたストレートなアジテーションではないか。「われ此句を吟じて血のわくを覚ゆ」。それはひとり独歩のみではない。自然を志向するものなら誰もがみなこの一行に胸打たれるだろう。

山林自由宣言。それからやがて茫々一世紀余にもならんという。ひるがえり明治、大正、昭和、平成、四代にわたって、ほんとにどれだけ多くの若者らがこの記念碑的フレーズを人知れず口ずさんできたろう。

俗塵虚栄の都を捨てて、「冷厳な自然」、山林自由の郷へ入らん。都心へ、でない。山林へ、なのだ。どうだろう、ときまさに地球規模の危機のいまのいまこそこの宣言を実践行動すべきとき、ではないか。つぎなる詩もみられよ。わたしらはつねに自然に招かれてあるのだ。

「夜《よ》ふけて燈前独り坐す／哀思《あいし》悠々堪ゆべからず／眼底涙あり落つるにまかす／天外雲ありわれを招く」（「独坐」）

「心、みやこをのがれ出で、／夕日ざわつく林の中を／語る友なく独りでゆきぬ。／夏たけ秋は来《きた》りぬと／梢に蟬が歌ひける。／林を出でて右に折れ、／小高き丘に、登り来れば、／見渡す限り、目をはるかなる、／武蔵《むさし》の野辺《のべ》に秩父《ちちぶ》山《さん》、／雲のむす間に峯の影、／吾を来れと招きける、／吾を来れと招きける。」（「無題」）

「山林に自由存す」。中央線三鷹駅北口に詩碑が建つ。

＊国木田独歩（明治四・一八七一～明治四一・一九〇八年）。下総・銚子（現、千葉県銚子市）生まれ。小説「源叔父」「牛肉と馬鈴薯」「空知川の岸辺」「欺かざるの記」

与謝野晶子―帰途

わたしは先生のお宅《たく》を出る。
先生の視線が私《わたし》の背中にある、
わたしは其《そ》れを感じる、
葉巻の香《かを》りが私を追つて来る、
わたしは其《そ》れを感じる。
玄関から御門《ごもん》までの
赤土《あかつち》の坂、並木道、
太陽と松の幹《みき》が太い縞《しま》を作つてゐる。
わたしはぱつと日傘《ひがさ》を拡《ひろ》げて、
左の手に持ち直す、

頂《いただ》いた紫陽花《あじさゐ》の重《おも》たい花束《はなたば》。
どこかで蟬《せみ》が一つ鳴く。

『定本与謝野晶子全集　第九巻』（講談社　一九八〇年）

まずこの「わたし」というと？　作者、鳳《ほう》（のちの与謝野）晶子、二三歳。つぎなる「先生」さんとは？　与謝野鉄幹、二八歳。そしてその「お宅」ではあるが？　渋谷村中渋谷（現、渋谷区道玄坂二丁目六―一二・道標有り）、東京新詩社の看板を掲げる陋屋は歌誌「明星」発行所。ときは明治三四（一九〇一）年、六月某日のこと。日中、快晴。いったいこの一家の主婦はどうされて？　鉄幹先生の妻滝野はというと、なんとも夫と晶子との件で今後の身の振り方の相談のために、郷里徳山に帰省しておいでだ。

すでに細かい情報は得ている。不在を見計らいここぞと上京におよんだ大胆なる晶子。そうして人目忍ぶ昼日中の密通果ててそう……。

いましも「日傘を拡げて」の帰途のことだ。こぼれてくる嬉しさは隠しようもない。「先生の視線が私の背中にある」「葉巻の香りが私を追つて来る」。恋する乙女の切ない息遣い。うなじの汗、髪のほつれ。なんとなし誇らしげな胸のうちが伝わってくる……。

というここで思いだされたし。おんなじ頃にそれこそ目と鼻の先の近くもすぐ隣さんあり。それはほかの誰なのでもない。

住所、渋谷村上渋谷（現、渋谷区宇田川町七―一・道標有り）。なんともなんと「武蔵野」の国木田独歩というのである。

「玄関から御門までの／赤土の坂、並木道」。このとき渋谷村はというとそっくり武蔵野であった！　まさに「武蔵野に散歩する人は、道に迷うことを苦にしてはならない。どの路でも足の向くほうへゆけばかならずそこに……」（国木田独歩「武蔵野」）という。はたしてこれは恋の道にも通ずることなのか？　以下は鉄幹と晶子が出会って間近の詠草だ。いやなんと高熱なることか。

しら芙蓉妻《つま》ぶりほこる今はづかし里の三月《みつき》に歌しりし秋
野路《のぢ》のほこり朝《あさ》の二人《ふたり》の息うつくし武蔵《むさし》野国原《くにばら》霧紅《あか》う降れ
鳳晶子「武蔵野」（「明星」一九〇〇年九月五日）

＊与謝野晶子（明治一一・一八七八～昭和一七・一九四二年）。大阪府堺市生まれ。歌集「みだれ髪」「佐保姫」「春泥集」ほか、「新訳源氏物語」

高群逸枝　日月の上に（抄）

独歩の武蔵野。
　林の奥に坐して四顧し、
　傾聴し、
　睇視し、
　黙想す――
そのあこがれの武蔵野の雑木林。

林の中では団栗がころがり、
龍胆が末枯れている。
遠くに富士。

娘はここに憂欝である。
さびしい。
娘はまだ、
性格をもたないかも知れない。（六七）

『高群逸枝全集』第八巻（理論社　一九六六年）

高群逸枝。明治二七（一八九四）年、熊本の片田舎の教師の家に生まれる。少時より詩文に才をみせ、熊本女学校を経て郷里の小学校の教員となる。たまたま教育関係の雑誌に短文を投稿したところ、それを読んで葉書で感想を寄せた青年がいた。同じ僻地の代用教員、橋本憲三だ。大正八（一九一九）年、二人は紆余曲折の果て結婚。逸枝二五歳、憲三三歳。翌年上京。詩集『日月の上に』（一九二一）は、逸枝の出生から上京までを自伝的に書いた六七の短章から成る長編詩である。掲出（六七）はその最終章。

二人が腰を落ち着けたのは「独歩の武蔵野」の面影の残る東京府荏原郡世田谷村桜の借家。自伝『火の国の女の日記』に書く。「そこは細長い樹木地帯の南端に位置し、南はまるで人通りのない並木道をへだてて畑地、北は森、この森の先は植物園をはさんで稲荷の森につづく。東も森、西は軽部家（註：母屋）の一町にあまる広い畑。その遠近にも森や雑木林が点在し、その間から富士がちょっぴり顔をのぞかせている」

このとき当惑の表情の「娘」は「憂鬱」だが猛烈なるさま、まことにその「性格」もつよいこと！　これから死に至るまで、この通称〈森の家〉にこもり、終日不出、面会謝絶、女性史の研究に没頭する。その超人的努力によって、日本の婚姻の歴史を書きかえる大著『母系制の研究』『招婿婚の研究』など、数々の著書を世に問い、女性史学に前人未到の領域を拓く。

刻苦の日々。みずから「坑夫」にたとえた研究の仕事は、一日の遅滞も許さない。敗戦から三年、夫妻共通の『共用日記』にある。「まいとしいまごろ／やさいがなく／主食もきれる／二人はひもじい／やせた二人／しようことなしに／じっとしていると／ああうつくしく／はるさめがふる」（「春の空腹」）

〈森の家〉高群逸枝住居跡は、桜公園（世田谷区桜二―七―三）に残る。碑には「時のかそけさ／春ゆくときの／そのときの二時のひそけさ／花ちるときの／そのときの」と刻まれる。

＊高群逸枝（明治二七・一八九四～昭和三九・一九六四年）。熊本県下益城郡豊川村南豊崎（現、宇城市）生まれ。評論「女性の歴史」「高群逸枝全集」全一〇巻

村野四郎—故園悲調㈠

私の古い田園は武蔵野のなかにある。白壁は虎杖草《いたどりそう》と蛇苺とイラクサの中に傾いている。そして父と母は山芋の蔓のからんだ樒《しきみ》の樹の下で眠っている。夏ごとにこのかなしみは私の心によみがえってくる。

夏蚕の終った桑畑が切りはらわれて、その跡に白い空が眉のない顔のように味気なく覗く。そして家の周囲の樹々はもはや茂るばかりだ。

古里は花なき樹々の茂りたる

『珊瑚の鞭』（湯川弘文社　一九四四年）

村野四郎。おおかた詩人は不幸な人種とされる。だがこの世は広いもの。ごくまれに仕合せな詩人もおいでだ。

四郎の生家は、江戸時代より続く酒・雑貨の大問屋で、多摩地方屈指の豪商である。くわえるにお家の方々の育ちがよろしい。

父儀右衛門は、漢学に長じ、寒翠と号する俳人。兄弟は生年順に、次郎、三郎、四郎。次郎は、北原白秋門下の秀才。三郎は、西条八十の「白孔雀」の同人。四郎は、中学時に荻原井泉水の「層雲」に自由律俳句を発表。慶応義塾大学入学後、詩に転じ、昭和初めの「詩と詩論」の運動に参加。ドイツ近代詩の影響を受け、モダニストの立場を鮮明にした。

大正一五（一九二六）年、第一詩集『罠』（曙光詩社）を刊行。集中のつぎの一作をみよう。

「つねに高くあり人の眼と手と記憶より遠くにあるもの／／たえず陰翳《かげ》ふかき繁みにありその相《すがた》見えざるもの／静かなところより声はこぼれやさしき愛のはぐくまるるもの」（「鳥の巣」）

四郎、いうならばこの「鳥の巣」に温かくはぐくまれた、雛鳥。ここから四郎は長じるにおよんで、ふるさとを「故園」とたいへん、ゆかりありげに呼んで追慕しつづけた。このことこそ、それほどまでにも恵まれてこの地で大きくなった思いがつよいあかし、であるだろう。

「私はふかぶかと／故園の春の中に沈む／父や祖父たちが朽《く》ちはてた／くろい土の上に」「私は千年もまえから生きてきた／そして　なお／千年の後に生きるだろう」（「故園の春」）

仕合せなのである。いやほんとなんと「故園」とは優美なる呼称ではないだろうか。四郎にかぎっては。

「ああ　漠々と山々もけむり／草木もけむり／ここは故郷／気が遠くなるほどやさしい故郷の土だ」（「故園」）

なお、現在も西武多摩川線の白糸台駅（旧、北多磨駅）下車、旧甲州街道沿いを行くと生家・酒類販売卸売業を営む村野商店の大きな建物が建つ。さらに府中市郷土の森博物館（旧、府中尋常高等小学校内）に「村野四郎記念館」がある。

＊村野四郎（明治三四・一九〇一～昭和五〇・一九七五年）。東京北多摩郡多摩村（現、府中市）生まれ。詩集「体操詩集」「実在の岸辺」「亡羊記」

西脇順三郎―旅人かへらず（抄）

のぼりとから調布の方へ
多摩川をのぼる
十年の間学問をすてた
都の附近のむさし野や
さがみの国を
欅の樹をみながら歩いた
冬も楽しみであつた
あの樹木のまがりや
枝ぶりの美しさにみとれて

（四二）

或る秋の午後
小平村の英学塾の廊下で
故郷にいとはしたなき女
「先生何か津田文学
に書いて下さいな」といつた
その後その女にあつた時
「先生あんなつまらないものを
下さつて　ひどいわ」といはれて
がつかりした
その当時からつまらないものに
興味があつたのでやむを得なかつた
むさし野に秋が来ると
雑木林は恋人の幽霊の音がする
櫟《くぬぎ》がふしくれだつた枝をまげて
淋しい

古さびた黄金に色づき
あの大きなギザギザのある
長い葉がかさかさ音を出す　（四三）

小平村を横ぎる街道
白く真すぐにたんたんと走つてゐる
天気のよい日ただひとり
洋服に下駄をはいて黒いこうもりを
もつた印度の人が歩いてゐる
路ばたの一軒家で時々
バットを買つてゐる　（四四）

武蔵野を歩いてゐたあの頃
秋が来る度に
黄色い古さびた溜息の

くぬぎの葉をふむその音を
明日のちぎりと
昔のことを憶ふ
二三枚の楢の葉とくぬぎの葉を
家にもち帰り机の上に置き
一時野をしのぶこともあつた
また枯木の枝をよくみれば
既に赤み帯びた芽がすくみ出てゐる
冬の初めに春はすでに深い
樹の芽の淋しき　　（四六）

『旅人かへらず』（東京出版　一九四七年）

西脇順三郎、ならず、J・N、ジュンザブロウ・ニシワキ。英国留学中、英文詩集「Spectrum」（一九二五）を刊行した、新帰朝者。

J・Nの戦後詩集『旅人かへらず』（一九四七）。あえていえばこの一集の登場をもって、独歩氏以来の武蔵野逍遥は、あらたな歩行の調子（リズム）をえたのではないか。

はじめに「十年の間学問をすてた」（四二）であるが。これはむろん昭和一二（一九三七）年七月の日中戦争から今次大戦間の蟄居逼塞のことである。J・Nは、二一年九月、疎開先から上京。俄然、武蔵野歩きに精を出し、数年来構想した同長編詩、これを一気に書き下ろす。

つぎに「小平村の英学塾」（四三）はそう、出講（現、津田塾大学）でのこと。ほんとうにこの「つまらないもの」論議たるやいかにもJ・Nらしく諧謔いっぱいなりだ。ただ「恋人の幽霊の音」とは鳥肌だが。

だけど大笑いだ。そんなこともなんでもなさげに一転しての「印度の人」（四四）のこの滑稽ないでたちはといったら。ほんと可笑しい。

そうして家に帰ってしばし。「二三枚の楢の葉とくぬぎの葉を」「机の上に置き」「一時野をしのぶ」（四六）。そのような明け暮れしだい。

おしまいに一言しておこう。ほんとこの武蔵野歩き人は野の植物に詳しくあること。このような証言がおありだ。

詩集『第三の神話』（一九五七）。なんとその一二〇頁ほど一集に一二六種もの植物が登場するとか。エッセイ「むさし野」ではつぎのように綴っておられる。なんともまたこの雑草たちの細やかな採録であることとったら。素晴らしい。胸打たれる。

「その土手には「あかざ」や「いぬびゆ」や「よもぎ」や「かわらにんじん」が藪になって密生している。その中から最大に夏の淋しみを与えてくれる「くさぎ」と「ぬるで」がほこりにまぶされた青黒い葉をつき出していた。憂い顔のむさし野の遺産がこんなところにまだ残っている」（『野原をゆく』）

＊西脇順三郎（明治二七・一八九四～昭和五七・一九八二年）。新潟県北魚沼郡小千谷町（現、小千谷市）生まれ。詩集「Ambarvalia」「近代の寓話」「第三の神話」

黒田三郎―日日に伐られてゆく

バスを待って停留所に立っていると
土砂を満載したダンプカーが
次々に疾駆してゆく
右へゆくのもあれば左にゆくのもある
東京のどこかがたえず掘りかえされ
東京のどこかがたえず埋められ
土砂は東京の町中を右往左往している

右往左往するのは土砂ばかりではない
何百万の人間が

右往左往している
彼らにきいてみたまえ
なぜ彼が練馬区上石神井に住まねばならないのかと
なぜ彼が台東区浅草橋に住まねばならないのかと

巨大なけやきやかしの木をめぐらし
背後に雑木林を従えた
わらぶきの農家が
まだ武蔵野には残っている
庭先に赤いスポーツカーがあったりするが
そこにはそこに住みつこうとした
無言の意志が残っている

しかしそれを告げるのは
もはや人間ではない

今では意志をもつものは
けやきやかし
ならやくぬぎである
そしてそれら意志をもつものは
日々に伐られてゆく

『定本黒田三郎詩集』（昭森社　一九七一年）

武蔵野はほどなく、まったくもって雑木林のひとつもない、武蔵野となるだろう。多摩ニュータウン、稲城市・多摩市・八王子市・町田市の四市にまたがる多摩丘陵に計画・開発された日本最大規模（面積約二八八四ヘクタール）の造成地。八王子ニュータウン（八王子みなみ野シティ）、八王子市の中心から南方二〜五キロメートルに位置しており、平成九（一九九七）年に完工。

これらの急増人工都市のために。土砂が「たえず掘りかえされ」「たえず埋められ」「東京の町中を右往左往している」。かつて見慣れた風景である。「土砂ばかりではない」。わたしもあなたも「何百万の人間が／右往左往している」させられている。

黒田三郎。戦後、しばらく荻窪に住んでいた。昭和三二（一九五七）年、「台東区浅草橋」に近い住宅公団晴海団地に越した。あたりは一面原っぱだった。「真夏の原っぱに／人影はなく／忘れられた三輪車が一台」（「夏草」）

それから一〇年たった四二年、「練馬区上石神井」の住宅公団の分譲住宅に転居している。でその頃は近くの石神井公園あたりは緑が多かった。

しかしそれがだんだんと伐採されてなくなってゆく。「日々に伐られてゆく」。いやだんだんではなくそんな日々のはやさでもってだ。

そしてそのことへの瞋恚《しんい》からだろう。「巨大なけやきやかしの木をめぐらし／背後に雑木林を従えた／わらぶきの農家が／まだ武蔵野には残っている」。といきなり唐突にいいつのるぐあい。

そしてそこには家構えだけでなく「そこに住みつこうとした／無言の意志が残っている」のだがそれは「もはや人間ではない」と。

「今では意志をもつものは／けやきやかし／ならやくぬぎである」。それなのにどうだ。あえなく樹木らは「日々に伐られてゆく」とめる手立てもなく。どうしようもなく。

まったく同感である！　当方、武蔵野市在、茫々、半世紀余。なんともなんと近場の東八道路沿いの「背後に雑木林を従えた／わらぶきの農家が」ほぼ皆伐全滅の現況というのである。ほんとう無残なりだ！

＊黒田三郎（大正八・一九一九～昭和五五・一九八〇年）。広島県呉市生まれ。詩集「ひとりの女に」「小さなユリと」

吉増剛造―織物

宇宙の一部分、銀河のあたりに、わたしは秘密の織物工場をもっている。

終戦後、弾丸工場はつぶれ、八王子空襲の夕焼け空を背に、一家は引越してきた。血のにおい上空にたなびき、朝鮮半島へロッキードF80は飛んだ。

いま武蔵野に風が吹いている。ああ、わたしの影法師は非常な熱病におかされて、もう宗教でも癒せぬ。恒星のかげ。

銀河の機《はた》。

竹馬が壁にうつっている。

美しいかたちの
太腿のように。

かがやく
曲線《カーブ》を
縫う。
武蔵野に風吹き。経目《たてめ》と横目《よこめ》に狂いが生じている秘密の織物工場で、
まだ、梭《シャットル》が人絹を打撃している。ああ、飯能の織女《おりこ》よ。繭《まゆ》と筬《おさ》。
女陰と男根と。ジェット機が上空を通過する、機銃掃射のトタン屋根。
宇宙を紡《つむ》ぐ。
指。
織る。
うねる。
いま武蔵野に風が吹いている。オレンジ色の電車がユ――と走ってきて、
停車場《ていしゃば》の引込み線をゆるやかにふくらんでゆく。連結器の腰骨とフ
レア・スカート。
ああ
哀号の

タンク車よ。

いまも武蔵野に風が吹く。わたしは宇宙のもっとも薄暗いところを通って、少年時代をすごしたようだ。だから黒点が好きなのさ。

恒星の沸騰点。

春蘭の橋。

わたしは
美しい着物のような
川をわたる。

ＭＰのまねをして。

武蔵野に風吹き、電灯がゆれている。もう、彼岸《あっち》だろうかと耳をすますよ。寧楽《なら》時代には古名麻《ふさ》。やがて福生《ふっさ》とよばれるようになったところにある、秘密の織物工場。

宇宙的な名の
加美《かみ》や志茂《しも》。

風が吹く。

織目の
筬《おさ》。
秘密の織物工場でわたしは筬《おさ》に糸をとおしていた。左の親指の爪をさ
しこんで、母から経糸《たて》を引いていた、軍需工場あとの織物工場。
破産するのかしら。
ももひき買って。
梅ケ香の
青梅《おおめ》の夜具地。
宇宙を紡《つむ》ぐ。
織る。
筬《おさ》
と
麻《あさ》。
風吹きつのる武蔵野の、多摩川の河岸段丘を一つ登ってゆくと横田基地。
もはや草ぼうぼう、ただ赤線地帯が幽かに浮かびあがってくる、ロ

ケットのギャソリン。
麻《あさ》
の
風。

宇宙の一部分、銀河のあたりに、わたしは秘密の織物工場をもっている。
そこから夜空へ毎夜、小舟の形をした梭《シャットル》が発射されている、秘密
の織物工場である。

『草書で書かれた、川』（思潮社　一九七七年）

吉増剛造。時代の曲折点の六〇年代に鮮烈に登場後、つねに詩の前線を疾走してきた。現代日本を代表する先鋭詩人。
「織物」、この作品には以下のような私詩的ともいえる年代記がある。吉増は、福生育ち。幼時、

「八王子空襲」（昭和二〇年八月二日）に遭う。父は、昭和飛行機工業で零戦の開発にも関わった航空技術者。ために「終戦後、弾丸工場はつぶれ」という、苦しみを味わう。

八王子や青梅は昔から織物の大産地だ。そこで吉増父は戦時中、工場で協働していた織物工場主らの助言のもと、細々と機織りを始める。それが「軍需工場あとの織物工場」である。だけど素人の手習いだ。剛造少年は、おぼえず健気にも「破産するのかしら。／ももひき買って」と嘆願すること、それのみかまた「梅ケ香の／青梅の夜具地」もどうぞだって。なんとなし悲しいかぎり。

しかしながらときにこの少年はこういいはるのだ。「宇宙の一部分、銀河のあたりに、わたしは秘密の織物工場をもっている」。これはいったいどういう意味のことではあるのか。ついてはいかがなものであろう。いやこのリフレインこそはそう、父親とその世代への少年がする反抗そして独立、そのつよいメッセージなのでは。そういったらおかしいだろうか。

さらに「寧楽時代には古名麻。やがて福生とよばれるようになったところにある、秘密の織物工場」とある。また「宇宙的な名の／加美や志茂」とは？　ともに実際いまも福生にある地名である。いっぽうで「横田基地」「赤線地帯」「ロケットのギャソリン」などという、ひどい屈辱の米色戦後風景も展開される。

どんなものだろう。ここから読み取れるのは、まさに筬に糸をとおし古代までも織り込まんと、せんという夢の現れである。つよく堅い少年の志である。そうではないのか。

「宇宙を紡ぐ。／織る。／箴／と／麻」「麻の／風」「そこから夜空へ毎夜、小舟の形をした梭が発射されている、秘密の織物工場である」

精霊少年ゴーチャン。まったく、素晴らしい「織物」なりだ、ほんとう！

＊吉増剛造（昭和一四・一九三九年〜）。東京阿佐ヶ谷生まれ、福生市に育つ。詩集「頭脳の塔」「王國」「わが悪魔祓い」

水島英己―道を歩いていると

道を歩いていると
エゴの実や
ドングリが
多く落ちている
玉川上水に沿って
コナラやシデの雑木林が続いている
それらの木々の
秋の確かな言葉のようなものを
手で拾ったり
気づくこともなく踏みつけて歩いている

写真で見た
白神山地のブナの実は小さいというが
冬を越す熊の大切な食べものらしい
拾ったドングリを
熊になった気で口に入れてみた
それは嘘だ
今そう考えてみたかったにすぎない
歩いていることも
こうして書いていることも
すべて嘘
そう言い切ってしまって
流れの中に入ってみようか
金網をどうやって飛越えたらよいのか
あの浅い流れに中腰の無様な状態でつかってみるか
秋の温泉日和

木漏れ日の中のホスピス
いろんなことを忘れて
生きている
生きていることも
忘れて
熊
落ちている木の実
それらは確かだ

『気のないシャーマン』（雀社　一九九五年）

玉川上水。江戸時代、江戸の人口が増えて飲料水問題が持ち上がり、幕府は多摩川の水を引く計画を立案。承応二（一六五三）年、玉川庄右衛門、清右衛門の兄弟により完成をみる。取水口の多摩川の羽村から四谷大木戸までの四三キロメートル、この間の落差が小さく勾配が緩

やかなため、うまく水を流すのに苦心したと伝えられる（参照・杉本苑子『玉川兄弟』）。現在いや、往時より、ほんと上水の上流域はというと、それは素晴らしい、とびっきり格好の散策路なのだ。

友もうし誰とあそばむ明日もまた多摩の川原にてあそばなむ

水むすび石なげちらしただひとり河とあそび泣きてかへりぬ　若山牧水『路上』

水島英己。その名も詩も知る人は少ない。そんなことは、どうでもいい。当方も、同様だ。『気のないシャーマン』なるおかしな気になるタイトルの詩集。そのさきわが許に送られてきたそれを読んで嬉しくなった。

作者水島英己はというと、詩集準備期、昭島市美堀町住まいだった。だから、なのだろう、オール・ポエムズ、玉川上水散策、オン・パレード、というのだ、これが。どれでもいい、こんなぐあいだ。

「午後五時過ぎの上水緑道／満月に近い上弦の月が／南の空高くかかり／西の澄みきった朱の夕焼けに呼びかけている」（「なつかしい未来」）

「尾長が紅梅の枝にとまっている／醜い声を出して／優雅に飛び去った／空には鴉も舞っている」（「霊よ、霊よ」）

「朝の公園は／鳥たちが飛び回り／木々の実をついばむ／ベンチに横になっているホームレス

のぼくを／威嚇するように鳴きわめく」（「もういい、それはいらない」）

いやはやよく散策しつつ観察しておいでだ。玉川上水、中流のそこらを当方、毎日散策。だけどもこの作者には感服するしかない。

しかし嬉しいよな。玉川上水散策居士水島英己。ほんと羨ましいよな。

そんな「いろんなことを忘れて／生きている／生きていることも／忘れて／熊／落ちている木の実／それらは確かだ」なんて……。

＊水島英己（昭和二三・一九四八年〜）。鹿児島県奄美徳之島生まれ。詩集「垂直の旅」「今帰仁で泣く」

【中央線沿線　I】

谷川俊太郎｜地下鉄南阿佐ケ谷附近一九七四秋

ボウリング場は店じまいしたが
その下の本屋には書物があふれている
区役所のすじむかい郵便局のならび
新築中の警察署は九階建の地下二階とか
この町に四十年あまり暮して
行きつけの店と言えば床屋くらいのものか
二百十日の度にあふれていたドブ川の岸が
コンクリートでかためられ細長い公園になり
それでも祭礼には老人たちが集って
社務所で茶碗酒を汲みかわしている
ゴムひもで釣ったざるの中の銅貨の代りに

ディジタル表示のレジスタが置かれた魚屋に
ビニール製の笹の葉が青く輝いていて
束の間と言っては短かすぎるし
永遠と言っては長すぎる一日の終り
星々のきざむたゆみない時にさからって
私たちは気ぜわしく明日を思いわずらう
街路樹のまわりを掘り返しているのは
伸びてゆく根を少しでも楽にするつもりか
地下鉄の入口に乗り捨てられた自転車は
カタコンベのミイラのようにひしめき
アメリカンと呼ばれる薄いコーヒーをすすって
若者たちの眼は漫画から漫画へと流れてゆく
この世の正確な韻律に近づけるのは
獄中に一生を過すことを強いられた男だけ
だってそうだろうそうではないか

『そのほかに』(集英社　一九七九年)

谷川俊太郎。住所・杉並区成田東四×—×。最寄り駅・地下鉄南阿佐ケ谷。このとき「一九七四秋」の時点（いまもお住まいは変わらぬが）でもって、かれこれ「この町に四十年あまり暮して」いるそう。いつだかその頃の景をつぎのように振り返っておられた。

「東京杉並の家のうしろは、ずっと田んぼだったんだ。凧をあげたり、模型飛行機を飛ばしたり。／青梅街道には市街電車が走っていた。……。田んぼは今は公団住宅」（「ONCE」）

なんとも「ずっと田んぼだった」そこに越してから「四十年あまり」にもなる。というのに「行きつけの店と言えば床屋くらい」なんだとか。不精でない、ただあんまり酒はいけないが、人嫌いでも。まあここらはいかにも詩人らしくあるところだが。

まずどんなものだろう。ここに列挙される、「ボウリング場」から「本屋」「区役所」「郵便局」「新築中の警察署」まで、すべて実際どおり。などとはさてとして。

「二百十日の度にあふれていたドブ川」といえばあれ。氾濫常習の善福寺川。「コンクリートでかためられ」はしても、いまだ、このとき深刻であった。二〇〇五年の杉並豪雨！

だけども「それでも祭礼には老人たちが集って／社務所で茶碗酒を汲みかわしている」シー

ンから。つぎつぎに「レジスタが置かれた魚屋に／ビニール製の笹の葉が青く輝いていて」「乗り捨てられた自転車は／カタコンベのミイラのようにひしめき」などなどと。おしまい「アメリカンと呼ばれる薄いコーヒーをすすって／若者たちの眼は漫画から漫画へと流れてゆく」シーンまで。

「東の間」でもない、なんというトリビア、「永遠」でもない、なんというエトセトラ。いったいぜんたい「この町」でもって、これから「四十年あまり」たったら、いかがな「暮し」がありうるだろう。

わからぬままだが……。「この世の正確な韻律に近づけるのは／獄中に一生を過すことを強いられた男だけ／だってそうだろうそうではないか」。ということにして……。

＊谷川俊太郎（昭和六・一九三一年～）。東京府豊多摩郡杉並町（現、杉並区）生まれ。詩集「夜中に台所でぼくはきみに話しかけたかった」「定義」「コカコーラ・レッスン」

友部正人――一本道

ふとうしろをふり返ると
そこには夕焼けがありました
ほんとうに何年ぶりのこと
そこには夕焼けがありました
あれからどのくらいたったのか
あれからどのくらいたったのか

ひとつ足を踏み出すごとに
影はうしろにのびていきます
悲しい毒ははるかな海を染め

今日も一日が終ろうとしています
「しんせい」一箱分の一日を
指でひねってごみ箱の中

ぼくは今、阿佐ケ谷の駅に立ち
電車を待っているところ
何もなかったことにしましょうと
今日も日が暮れました
ああ　中央線よ空を飛んで
あの娘の胸につきささされ

どこへ行くのかこの一本道
西も東もわからない
行けども行けども見知らぬ街で
これが東京というものかしら

たずねてみても誰も答えちゃくれない
だから僕ももう聞かないよ

おちょうしのすきまから覗いてみると
そこにはしあわせがありました
しあわせはほっぺたをよせ合って
二人お酒を飲んでました
その時月が話しかけます
もうすぐ夜が明けますよ

『おっとせいは中央線に乗って』（思潮社　一九七七年）

――友部正人、東京・吉祥寺生まれ。小学校入学時に札幌へ転居後、各地を転々として育つ。高校一年、ボブ・ディランの「ライク・ア・ローリング・ストーン」を聴いてソングライティングにのめり込む。卒業と同時に名古屋の街角で歌い出す。

一九七〇年、大阪へ。多くのミュージシャンを知る。黒テントの公演の幕間で歌うことも。翌春、中津川フォークジャンボリーに出演。黒テントの公演に同行し東京へ。七二年、「大阪へやってきた」でデビュー。シングル「一本道」を出す。

「ぼくは今、阿佐ケ谷の駅に立ち／電車を待っているところ」、とあるが東京に出てきた友部は阿佐ケ谷（のちに吉祥寺）に住まい、中央線沿線のライブハウスなどで歌い始める。なかにはこの沿線を詠み込んだ歌詞がいっぱいある。

「今日はちょっぴりおどけてやろうか／それともクレヨンで書いたズボンをはいて／吉祥寺の町で気取ってやろうか／君が欲しい」「井の頭公園のちょうど真上じゃ／着ぶくれお月さん、笑ってらあ／君が欲しい」（「君が欲しい」）

こんなご機嫌なラブソングもあれば、つぎのような胸塞ぐワークソングもある。

「今夜、阿佐ケ谷の女の子には胸がない／細い腕を何度も地面におっことしてしまう」「井の頭公園のベンチにはひとりの男／ひざの上にはハンカチでくるんだお弁当」（「おっとせいは中央線に乗って」）

というところで「一本道」にもどることに。「おちょうしのすきまから覗いてみると／そこにはしあわせがありました」のフレーズ。これは友部の盟友・吉祥寺の酔っ払い高田渡夫妻の若かりし日の姿だとか。「一本道」、いやなんと超傑作なる友部節であること！　そのデビュー時からエールを送ってきた詩人は書いている。

「きみが歌うのを聴いていると／声がぼくの指先まで下りてきて文字になる／歌っているのか書いているのか／ギターのコードのメリーゴーランドに乗って／ぼくは永遠のリフレインを生きているよ」（谷川俊太郎「友部調で友部正人に」）

＊友部正人（昭和二五・一九五〇年〜）東京都下吉祥寺生まれ。詩集「名前のない商店街」「空から神話の降る夜は」

那珂太郎――池畔遠望

同極月某日、天気晴朗ナレドモ風ヤヤ强シ
庵ヲ出デ北西ニ行クコト十餘町ニシテ三鷹臺
更ニ十餘町ススメバ井ノ頭ノ池ニ至ル
木立ミナ枯葉ヲ落シスルドキ梢虚空ヲ刺セリ
水上ニ扁舟ヲ泛ブルモノ三五
櫂聲喃語ノピチャピチャノミ聞ユ
池畔ヲソゾロ行ケバ茶亭ノ前
路上ニ鈴振リブリキノ鑵ヲ叩キ
半裸ノ若キ男女ノ群ガリ踊ルアリ
寒風ニ素肌ヲ曝シ脚ヒラキ身ヲクネラセ

行人ノ好奇ノ視線ヲ浴ビテ自ラ恍惚タルサマニ
卒然「ダス・ゲマイネ」ノ作者ノコト想起セラル
カノ巨軀ニシテ心弱キダダ作家ト共ニ
四十幾星霜ノ昔コノ茶亭ニ憩ヒシコトアリ
カレハ少年ワレヲ正視スルヲ得ズ
甘酒ヲワレニアテガヒ漣漪ニ目ヲヤリツツ
現文壇ノ誰彼ヲ舌鋒鋭ク非議シ
チエホフヲ讀ミ給ヘチエホフヲ！　ト連呼セシガ
ソノカミ池上ニセリ出セシ緋毛氈ノ棧敷今ハ無シ
茶亭ノ嫗ニ聞ケバ、戰時中燒夷彈落下シ
舊《モト》ノ亭ハ失セ數十歩離レシコノ地ニ移轉セシトゾ
イマ亭ニ坐シテ遠望スレバ
往時ノ鬱乎トシテ蒼蒼タリシ森ノアタリ
忽如トシテ浮城戰艦ニモ似テ高層マンション聳エ横ハリ
窓ニシイツ洗濯物ラ旗ノ如クニ翩翻タリ

（茫洋タルカナ
　オオ生存、オオ斜塔……）
近景ノ噴上ハマブシク白キシブキヲ散ラシ
朽葉ノ如キ追憶ヲタダ水底ニ沈ムルノミ

註：オオ生存、オオ斜塔――佛蘭西國ノ A. Rimbaud ハコノ語音ニ“O saisons, ôchâteaux”ノ文字ヲ當テタリ。

『空我山房日乗 其他』（青土社　一九八五年）

本作は、連作「空我山房日乗」八篇の一つ。詩人は、この連作について詩集「附記」に以下のように覚書する。「和語脈化されつつも漢語を多用した文語文體の試み、今日ではこの領域での作例が極めて稀であることもあつて、忘れられがちな傳統を敢てもう一度省みようとしたものである。」

文語文體？　なんでそんな、おおかたは当方もだけど一読理解不能でほぼお手上げであるだろう、それはさてだ。さてまず「空我山房」であるが、これは詩人の棲む杉並区久我山五丁目に拠る仮寓のこと。

はじめに冒頭の「同極月某日」の「同」について。これはその第一作に「昭和辛酉」と明記するよし。時は、昭和五六（一九八一）年一二月某日。所は、日頃散策する「井ノ頭ノ池」。時候であるが「木立ミナ枯葉ヲ落シスルドキ梢虚空ヲ刺セリ」とみえる寒空。

ときに「池畔ヲソゾロ行ケバ茶亭ノ前」なんと奇なるや「半裸ノ若キ男女ノ群ガリ踊ルアリ」という。これはひるがえって、なぜかこの時分に流行った暗黒舞踏なる集団の路上ハプニング、なるものであること。でそれを目にしていると「卒然「ダス・ゲマイネ」ノ作者ノコト想起セラル」というなんとも怪なるしだい。

太宰治！　ときに「巨軀ニシテ心弱キダダ作家」さんは、ほかでもなく隣の三鷹に住まわれていた。そしてしばしば公園を散策されておられる。しかしなんとも「四十幾星霜ノ昔」のこと池端の某「茶亭」そこでもって、なにがあってか、たまたまであろうか玉川上水入水心中「カレ」と「少年ワレ」が同席していようとは……。

いやほんとかえすがえす、そんな「チエホフヲ讀ミ給ヘチエホフヲ！　ト連呼」された、こともあったりしたとは。

でしまいのおまけ「戰時中燒夷彈落下シ」とあるところだが？　役所に訊ね資料に当たっても、まったく何も要領を得ないこと、「茶亭ノ媼」の作り話だったりして……。くわえるに「浮城戰艦ニモ似テ高層マンション」ではあるが。みるところ、美景損じ悪名高き（？）現「メゾン井の頭」、それなるか。

「オオ生存、オオ斜塔……」、「オオ生存、オオ斜塔……」

＊那珂太郎（大正一一・一九二二～平成二六・二〇一四年）。福岡市生まれ。詩集「Etudes」「音楽」「幽明過客抄」

中上哲夫｜武蔵野市立第三小学校前

　武蔵野市立第三小学校は、東に向かってコの字型に校舎が建っていた。東側には門が二つあり、校庭には玉砂利を敷いた神社と薪を背負って本を読んでいる二宮金次郎の銅像とがあった。

　二つの門のうちどちらが正門だったのだろうか？　北側の門の前は畑になっており、南側の門の前は文房具屋だった（学校の北隣りにももう一軒文房具屋があった）。その文房具屋の右隣りには当時流行の文化住宅が七、八軒建っており、大阪からやってきたわたしたち一家はその内の一軒に移り住んだ。

　だから当時、第三小学校へ通っていた少年少女たちは、登校下校の際、陽の当たる縁側でクレヨンを手に異常に頭部の大きな子供が一心不乱に絵を描いている姿を疎らな生垣越しに見たはずである。一枚の紙にはのらくろやタンクタンクローが描かれていたし、もう一枚の紙を見ると空には日の丸をつけたゼロ戦が飛び、旭日旗を掲げた軍艦の周囲には高い水煙が立ち、☆印をつけた戦闘機が黒煙をあげて墜落し、いままさに海中へ突入しようとしていた。

ほんとうは、時間がそこで永遠に凍結してしまえばよかったのかもしれない。だが時間は夏の日のバターのように溶解して流れ出し、悲鳴をあげて記憶の世界へと突進していったのだ。

『記憶と悲鳴』(沖積舎　一九八〇年)

武蔵野市立第三小学校は、吉祥寺南町二丁目にある。当方、近所は同東町一丁目の住人。そこで校舎を目にする度にこの作品を胸にする。そしてなぜかちょっとセンチっぽくなったりしたり。

中上哲夫、一九六〇年代、アレン・ギンズバーグ、ゲーリー・スナイダーなどアメリカのビート詩人たちの影響下に詩を書き始める。爾来、一貫してビートニクとして直情をぶっつけてきた。

哲夫、幼児の時分、もっとも戦の激しい折に大阪から当市へ引っ越してきた。そうして住んだ家は「コの字型」の校舎に二つの門を構える学校の前だったと。そこはときに校名も武蔵野第三国民学校と戦時らしくあった。

でなんと「校庭には玉砂利を敷いた神社と薪を背負って本を読んでいる二宮金次郎の銅像とがあった」のだとか。いやほんとこの一貫した忠君愛国、克己勉励なる教育のすさまじさったら。

「北側の門の前は畑」、いわずもがな食糧自給のためだろう。いっぽうの南門は「当時流行の文化住宅」の一軒がそうだと。でそこの「縁側でクレヨンを手に異常に頭部の大きな子供が一心不乱に絵を描いている」というが。いったいぜんたいその絵はといったらどうだろう。「一枚の紙」はいいとして、「もう一枚の紙」のほうなのだ。どうにもむごくもそこに描かれていることとったら。

いやはやなんと「空には日の丸をつけたゼロ戦が飛び、旭日旗を掲げた軍艦の周囲には高い水煙が立ち、☆印をつけた戦闘機が黒煙をあげて墜落し、いままさに海中へ突入しようとしていた」というのである。

昭和二二（一九四七）年春、武蔵野市立第三小学校と校名変更。四五年春、創立四〇周年、鉄筋校舎落成（註：同春、当方、移住）。「神社」「金次郎」、だから見てない。しばらく開けていた「文房具屋」もそのうち無くなった。だがなんとこの、校舎が見映えよくテレビドラマの舞台に使用（註：「熱中時代」日本テレビ系列・水谷豊主演）、されたりしている……。

＊中上哲夫（昭和一四・一九三九年〜）。大阪市生まれ。詩集「アイオワ冬物語」「エルヴィスが死んだ日の夜」「ジャズ・エイジ」

金子光晴｜この道

木犀のにほひのこめるこの道
やがて、そぼそぼと霙《みぞれ》ふるこの道
石塀と欅並木のどこまでも續くこの道は
むかしみたベラスケスの繪に似てゐるので

「ベラスケスの道」と名づけながら
一冊のノートをふところに挾んで
孫の若葉を乳母車にのせてあるいた。
そして、詩集「若葉のうた」ができた。

たかい欅には、尾長鳥がたくさんゐて
庭のあをきの實や、無花果をつついた。
葉の落ちつくしたしめつた土には
とき折、うつくしい玉蟲の殼があつた。
だが、もうそれも駄目、この道は
いまは車地獄、むかうへ渡るのが命がけ。

『金子光晴全集』第五巻（中央公論社　一九七六年）

金子光晴。流浪と反骨の詩人。縁があって、昭和一三（一九三八）年春、北多摩郡吉祥寺一八三一番地（現、吉祥寺本町四丁目）に、住むことに。お家は成蹊学園の近く。当方も吉祥寺であれば着物姿もぞろりと散策楽しまれる光晴翁を拝顔。おぼえず合掌したもの。三九年、六九歳。一人息子・乾《けん》夫婦の間に孫娘・若葉を授かった。詩人が抱いた乳飲み子の初孫。新しい生命の誕生の愛おしさ。のちに乾が書いている。

「欅《けやき》並木で知られる成蹊学園の校庭は光晴がまた殊更好んだ通りであった。……、成蹊大学のギャルたちの集まる喫茶店のテーブルに向って、小さなノートに思いついたままのつれづれを書くことが日常だった」(「金子光晴と武蔵野」)

それでもって「石塀と欅竝木のどこまでも續く」、光晴爺名づけて「ベラスケスの道」をえっちらと。またおっちらと「一册のノートをふところに挟んで／孫の若葉を乳母車にのせてあるいた」おかげでできた。

詩集『若葉のうた——孫娘その名は若葉』(勁草書房　一九六七)。これが話題を呼んだ、むろんもちろん非難もなくはなかった、あの光晴も呆けたと。

だがそこは百も承知。そんな「同好のたがのゆるんだ爺々婆々連に、日向ぼっこをしながら披露する目的で、一冊に編んだ」(「あとがき」)なんて。笑止も承知、合点も千万。いやまあへロへロも愛すべき爺のベタベタぶりったら！

ところがそれから幾年もたってないというのに。なんと「だが、もう駄目、この道は／いまは車地獄、むかうへ渡るのが命がけ」だって。そんなとんでもない事態になってしまっている。このことでは乾も爺を思い忘れていない。

ひどいのったら「通りは自動車が頻繁《ひんぱん》に行き交い、光晴も晩年、危なくて私の次女を乳母車に乗せて歩けなくなったと歎《なげ》いていた」というのである。同集にこんな口惜しすぎる作品もみえる。

「口惜しがっても自信がないので／車はもとに戻して、老人はしょんぼり。／最後の夢ももぎとられた足元に／すがれた垣のじゅず玉が揺れてゐた」(「路」)

＊金子光晴(明治二八・一八九五〜昭和五〇・一九七五年)。愛知県海東郡越治村(現、津島市)生まれ。詩集「鮫」「落下傘」「蛾」「鬼の児の唄」

茨木のり子—青梅街道

内藤新宿より青梅まで
直として通ずるならむ青梅街道
馬糞のかわりに排気ガス
ひきもきらずに連なれり
刻を争い血走りしてハンドル握る者たちは
けさつかた　がばと跳起き顔洗いたるや
ぐずぐずと絆創膏はがすごとくに床離れたる
　くるみ洋半紙
　東洋合板
　北の誉

丸井クレジット
　竹春生コン
　　あけぼのパン
街道の一点にバス待つと佇めば
あまたの中小企業名
にわかに新鮮に眼底を擦過
必死の紋どころ
はたしていくとせののちにまで
保ちうるやを危ぶみつ
さつきついたち鯉のぼり
あっけらかんと風を呑み
欅の新芽は　梢に泡だち
清涼の抹茶　天にて喫するは誰《た》ぞ
かつて幕末に生きし者　誰一人として現存せず
たったいま産声をあげたる者も

八十年ののちには引潮のごとくに連れ去られむ
さればこそ
今を生きて脈うつ者
不意にいとおし　声たてて
　鉄砲寿司
　柿沼商事
アロベビー
佐々木ガラス
宇田川木材
一声舎
ファーマシイグループ定期便
月島発条
えとせとら

『自分の感受性くらい』（花神社　一九七七年）

「青梅街道」は、現在、ふつうに新宿と青梅市を結ぶ経路をいう。その初めは江戸時代の甲州街道の第一宿場「内藤新宿」（現、新宿三丁目交差点付近）を起点に発した。

「直として通ずるならむ青梅街道」。これはすぐ頷けるのでは。あきらかにこの行は有名な萩原朔太郎の「ここに道路の新開せるは／直として市街に通ずるならん」（「小出新道」）からのいただき。それではつぎの行はどうだろう。

「馬糞のかわりに排気ガス」。これがまたそう別項掲載の正岡子規（参照：正岡子規「高尾紀行」）からのおもらい。最初、子規の稿は新聞（「日本」明治二五年一二月）では「馬糞紀行」との題で発表されたこと、同行の内藤鳴雪の句に膝栗毛は始まる。

新宿や馬糞の上に朝の霜　鳴雪

これをみればときに帝都も馬車が主体だったとわかろう。ところがいま時世は「排気ガス」の高度経済成長期の真ッ只中というしだい。茨木、バス利用は「青梅街道」路線もっぱらであろう西東京市東伏見の住人。そのいつかいつものように「街道の一点にバス待」っていてやっているのだ。

「中小企業名」の「必死の紋どころ」そんなのを目にすること。おぼえなく「不意にいとおし声たてて」連呼しつづける。

「くるみ洋半紙／東洋合板／北の誉」。これらはきっと、ホンモノのカンバン、であるだろう。「丸井クレジット／竹春生コン／あけぼののパン」

それはさてここにきて考えさせられるのである。さきの朔太郎の詩は「われの叛きて行かざる道に／新しき樹木みな伐られたり」と慨嘆調に終わるが。ここではやがてどのような景をみることになるか。

「鉄砲寿司／柿沼商事／アロベビー／佐々木ガラス／宇田川木材」。あるいはきょう現在はというとすでに、それらの「紋どころ」のあらかた、どころかすべて存在していないのでは。「一声舎／ファーマシイグループ定期便／月島発条／えとせとら」

＊茨木のり子（昭和元・一九二六〜平成一八・二〇〇六年）。大阪府大阪市生まれ。詩集「見えない配達夫」「鎮魂歌」「自分の感受性くらい」「倚りかからず」

【西武線沿線】

石川啄木｜飛行機　一九一一・六・二七・TOKYO

見よ、今日も、かの蒼空《あをぞら》に
飛行機の高く飛べるを。

給仕づとめの少年が
たまに非番の日曜日、
肺病やみの母親とたつた二人の家にゐて、
ひとりせつせとリイダアの独学をする眼の疲れ……

見よ、今日も、かの蒼空に
飛行機の高く飛べるを。

『呼子と口笛』（東雲堂書店　一九一三年）

石川啄木。明治四四（一九一二）年、じつにこの年初からひどく痛々しかった。そこには大逆事件（明治天皇暗殺計画の発覚に伴う弾圧事件。幸徳事件）の衝撃、それとあいまって、病気の壊滅的進行があった。

啄木はそこで急遽、詩集『呼子と口笛』の出版を構想。一集には激調の「はてしなき議論の後」「ココアのひと匙」「激論」の連作が収載され、そのしまいに「飛行機」がおかれている。つまりこの一篇が啄木の最後の詩作となるのだ。

おそらく下町の粗末な貸間の一室であろう、「肺病やみの母親」と、「給仕づとめの少年」は、ひっそりと身を寄せ合い暮らしている。とすると遅からず彼もまた病むのは免れないと。しかるにここにきて「少年」が「リイダアの独学をする」とはまたなんという詮方ないような没頭というものではないか。はたしてその「独学」は結実をみるだろうか。むろん否なりだ。

それはさて、なぜここで「飛行機」であるのか、こうである。同四四年四月一日に日本初の航空機専用飛行場として埼玉県入間郡所沢町に完成した所沢陸軍飛行場（爾来、首都至近につき武蔵野には飛行場多くなる）。

武蔵野の空へ飛行機が飛ぶ！　じつはこの一篇がなる十八日前の六月九日、試運転が成功しているとか。おそらくそのニュースに啄木はイメージを飛躍させたにちがいない。ほとんどやけっぱちデスペレートになったようにも（なんとも翌一〇日には飛行失敗の記事が掲載されるが）。

いましも少年は疲れた眼で「飛行機の高く飛べるを」見上げるのだ。空を震わす爆音と白い煙。それこそまさに文明の先端たる機影を遠（怨？）望するようにもして。詩の少年と母親はほぼそっくり、啄木と母カツとみていい。

四五年三月初め、母死去。もはや緞帳である。四月九日、二十円の稿料と引き換えに歌稿「一握の砂以後」（『悲しき玩具』）を渡す。冒頭の一首。

呼吸《いき》すれば、
胸《むね》の中《うち》にて鳴《な》る音《おと》あり。
凩《こがらし》よりもさびしきその音《おと》！

四月一三日、啄木、急死。享年二七。

＊石川啄木（明治一九・一八八六〜明治四五・一九一二年）。岩手県南岩手郡日戸《ひのと》村《むら》（現、盛岡市）生まれ。詩集「あこがれ」、歌集「一握の砂」「悲しき玩具」

折口信夫｜輝く窓

一

武蔵野の　田無の村―。
まれに来て、われは憩へり。
道のべの　道祖《クナド》の石

揚雲雀　鳴きつゝ　のぼり
深ぶかと　晴るゝ青空。
雲雀子《ヒバリコ》の還る影なく
―海の如　青き大空。

大泉・久留米・野火止《ノビドメ》――
はろぐ〳〵に　霞みわたりて、
時々に軋り来るもの――。
遠野より近づく響き――
また更に　遠ざかりゆく
西武線　軌道の畝《ウネ》り
そよ風に　電柱ぞ鳴る。

あはれ　その声にまじりて、
かそかにも　近き音なひ――。
道の辺の石にわかれて、
はろぐ〳〵と　わが来る時、
音ひゞく――せゝらぎの音。

いにしへや　こゝに村居し。

幾世経て　移り過ぎけむ。
家群《ムラ》のあとは残らね、
村びとのつどひて汲みし―
里びとの棄てゝ移りし―
　忘れ水　かくぞ　音する。
春深き今の現《ウツヽ》に
流れつゝ　あはれ　幽けき。

二

われは来ぬ。泉の頭《カシラ》―。
岡《ヲ》の丘ゆ　谷窪かけて、
土地広《ヒロ》に　占めて作れる
すがくし　これの学園―。

さやるものなき大空に、

柱《ハシラ》　甍《イラカ》高く聳《ソヽ》らず――
床《トコ》　礎地《ツチ》に延《ハ》へたり。
すが〳〵し　甃《イシキ》　階段《キダハシ》――
白々と照りて　しめやぐ。
褪紅《ソホ》塗《ヌ》りのさびたる柱――
立ち並び　人の目に沁む。

淑《ヨ》き人の心清さよ――。
目に見えぬ神の治《シロ》すと、
憚りて高くそゝらず――
きら〳〵し光りを避けし――
心こそ　沁々《シミヽ》に匂へ。
乏しきは　すなはち　かなひ、
満貪《マボ》らぬは　こゝに足らふ。
自由学園　立ちのよろしさ。

三

ゆくりなく　あひ見るものか―。
ある戸より　翁《ヲヂ》と姥《ウバ》出で、
我のする礼《ヰヤ》をかへして、
呼び迎ふ。清き出居《イデヰ》間に。

まらうどぞ　こゝに来ませる。
いざ来よと　姥がよばへば、
彼方《カノモ》の戸　この側《モ》の帷《トバリ》
おしひらき　はしり出で来る
あな　夥多《コヽダ》。斯く居るものか。
　をのこ子に、をみな子まじり、
　女《メ》の子らに、をのこら並《タグ》ひ、
　立ちならぶ姿のよさや。
　匂やかに　かをる息ざし。

のどかなる　なごみ心は
おのづから　舌うごくらし—
かたり出でぬ。若人に向きて。
　武蔵野の田無の村の
　忘れ水の遠世がたりを
語りつゝ　我はうたがふ—。
この語る　我や　現実的《ウツシキ》
聴き耽《フケ》る若人たちや
いにしへの若子《ワクゴ》　処女子—
　聴く面の、若さに照りて
　聴く息の　繁密《シミ》に出で入る。
幽かなる　午後のひと時

人の世の物語して、

　おのづから　神に通へり。
神いますみ空の彼処《ヲチ》に
他人《ヒト》も　われも入り行く如し。
人習《ナラ》ふ人の世にして、
神の如　生くるひと時、
窓の外《ト》に拡《ヒロ》がる空は
現し世の午後の青空
ほの〲と　天つ道見ゆ。

語る身も、聞く人々も
しづかに　まなこを瞑《ツム》り

しづかに又　まなこを開く。
光り満つ午後のひと時
老いも　若きも、輝くひと時

反歌

老い人の　かくすこやかに居たまふを　見つゝまからむ　心満足《タラヒ》に

わが訪はぬ日となる世にも、すがくし　たらひてあらむ。この学園よ

『現代襤褸集』(『折口信夫全集　第二六巻』中央公論社　一九九七年)

折口信夫。民俗学者、国文学者、国語学者、ひろく奥深い研究は「折口学」と総称される。釈迢空と号し詩人・歌人としても業績を残す。

聖戦、それをひたすら信じていたところ、敗戦。息子、春洋《はるみ》の訃報。「昭和二十年八月十五日、正座して」と詞書きして詠む。

戦ひに果てしわが子も　聴けよかし―。かなしき詔旨《ミコト》　くだし賜ぶなり

戦後、しばらく折口はというと、ひどい自失の状態にあった。ときそこに懇ろな招きがあった。

西武池袋線下り電車が「大泉・久留米・野火止――」と走る。そして現在のひばりケ丘駅を出るとすぐ、いったい武蔵野の面影を残す雑木林に囲まれた学園がひろがる。

羽仁もと子、羽仁吉一夫妻によって、大正一〇（一九二一）年、キリスト教精神（プロテスタント）に基づいた理想教育の実践を目的として設立された、幼稚園から大学部まで一貫教育を行う学校法人・自由学園だ。折口は、学園に講じる機会を得ること、亡くなる半年ほど前にこの詩を書いている。

「武蔵野の　田無の村――。」その豊かで自然溢れる情景から始まり、この地で「いにしへ」より守られてきた水の流れる景、「音ひゞく――せゝらぎの音」を耳にひびかせ、豊かな自然に息づく学園のたたずまいに目を涼しくする。

「淑き人の心清さよ――。／目に見えぬ神の治すと、」「乏しきは　すなはち　かなひ、／満貪らぬは　こゝに足らふ。／自由学園　立ちのよろしさ。」

折口、ときにその壇にあって「若人に向きて。／武蔵野の田無の村の／忘れ水の遠世がたりを」しみじみと講じること。

みずからは随神《かんながら》の道《みち》の徒ながらも「いにしへの東《アヅマ》の奥の／武蔵野のもなかに居りと／　思

ひつゝ　我がある時に／　　鳴り出でぬ。耶蘇《ヤソ》寺《デラ》の鐘」（詩「田無の道」）とそこにある「ひと時」を歓び賛美してもおいでだ！

「語る身も、聞く人々も／しづかに　まなこを瞑り」「しづかに又　まなこを開く。／光り満つ午後のひと時／老いも　若きも、輝くひと時」

＊折口信夫（明治二〇・一八八七〜昭和二八・一九五三年）。大阪府西成郡（現、大阪市浪速区）生まれ。歌集「海やまのあひだ」「倭をぐな」、小説「死者の書」

田村隆一――保谷

保谷はいま
秋のなかにある　ぼくはいま
悲惨のなかにある
この心の悲惨には
ふかいわけがある　根づよいいわれがある

灼熱の夏がやっとおわって
秋風が武蔵野の果てから果てへ吹きぬけてゆく
黒い武蔵野　沈黙の武蔵野の一点に
ぼくのちいさな家がある

そのちいさな家のなかに
ぼくのちいさな部屋がある
ちいさな部屋にちいさな灯をともして
ぼくは悲惨をめざして労働するのだ
根深い心の悲惨が大地に根をおろし
淋しい裏庭の
あのケヤキの巨木に育つまで

『言葉のない世界』（昭森社　一九六二年）

保谷は、平成一三（二〇〇一）年に田無市と合併して発足した西東京市に属する。べつにどうこと変り映えのしない、ありきたりの住宅地でしかない。平凡な郊外だ。

田村隆一、戦後を代表する第一の詩人。昭和三五（一九六〇）年九月、保谷の民俗学博物館裏へ転居、長くない期間だが住むことに。保谷の強風は有名だ。おそらくその転居の年「秋風が武蔵野の果てから果てへ吹きぬけてゆく」烈日の秋のことだろう。

いったいこの非凡な詩人が筆を執るとどうだろう。言葉の錬金術師の幻術？　いやまったく平凡な郊外の景が変わってしまう。

「保谷はいま／秋のなかにある　ぼくはいま／悲惨のなかにある」。それは「黒い武蔵野」の台地を収斂する「沈黙の武蔵野の一点」、そこに「ぼくのちいさな家がある」のだと。

保谷は、みるようにこの詩人にかかると一転してしまうのである。いうならば詩の発生をうながそう、ダイナモ、それかこの上ない磁場さながらに。まったくちがった様相といおうか容貌をみせるのである。

「ちいさな家」の「ちいさな部屋」の「ちいさな灯」の、あかりのもとで「ぼくは悲惨をめざして労働するのだ」ということだが。それはまたぜんたいいかなる「労働」のことをいうのであるか。このことでは詩人を敬愛する後輩の俊英がとどめている。

「田村さん、あるとき武蔵野で、ケヤキを見てわたくしにおっしゃったことがありました。「吉増、わかるか、おまえ、あの木、あれは武蔵野の水が立ってるんだぜ」。そういうものが詩になってきて、「黒い武蔵野」の中で田村さんの肉声とともに詩の中で巨木が立っている、これはやっぱりすごい詩です」（吉増剛造『詩とは何か』講談社現代新書）

いやほんとう、はたしていま当の「淋しい裏庭の／あのケヤキの巨木」を目にすることが、かなうのでは……。

＊田村隆一（大正一二・一九二三〜平成一〇・一九九八年）。東京府北豊島郡巣鴨村（現、豊島区南大塚）生まれ。詩集「四千の日と夜」「奴隷の歓び」

黒田喜夫——十月の心

また夢みがちな季節がある
だが失うとはなにか
過ぎ去るとはなにか
操車場の強烈な鉄の衝撃音は
うしろからくる
追いぬいてゆく少年労働者のギリヤーク顔は
うしろからくる
現実の光とひびきはみんな
うしろからきて記憶にかさなるが
十月の敗れを知らない戦士の遠い前から

記憶を裂いて現われるものはなにか

十月は生まれて死につつある
おれは死から生まれつつある
このときおれは自由になる
あまりに言葉も絶望も息絶え
さけびが残る
おれは夢のなにものも生まず
さけびは街と群集を生む
朝の底知れない口から吐きだされた人たちが
背姿から背姿へかさなってゆくと
おれは押さえがたい嘔吐の躰をまげ
人たちの足もとにながいさけびを生む
硬変した日常の武器と
肝臓をともに

いま生きることはたやすい
いま死ぬことはたやすいのだ
おれはうしろからきてやすやすと
街を通り過ぎ去ることができる
さけびもなく両手にだらりと
一九一七年十月と一九五六年十月の
ふたつの鉛の塊りをさげ
青く塗った郊外電車に過ぎ去ることができる
街の絶える林の右に秋光園という精神病院があり
林の左に全生園という癩園がある
常に歩く不可逆の戦士は
いま盲いた綱領より明るくいうことができる
明日おれは林をぬけて右に曲がり
じつに何げなく

あの輝く解放区の門へ入ってゆく
あるいは左に折れて別な建物に入り
夕方ホルマリン消毒をした一通の手紙を
窓から前へ投げすてて立つ

だが十月は生まれて死につつある
おれは死から生まれつつある
おれは夢のなにものも生まず
やすやすと民衆にパンをといわない
夢みがちな季節に夢にではなく
革命の犬の深い食に飢えて
朝の終りの路ばたで売られる黄色い麺をひとりで食っている
ねぎのスープに浮かぶ一匹の十月の蠅を呑みこんでいる
このときおれは闘いにみちる
おれたちはパンを得てのち

初めて存在のおくにある虚無とたたかう武器を知るだろうから
おれはなお民衆と民衆のひとりのおれにパンのある世界を
というさけびがこみあげてきた

さけびは夢みがちな季節に残る
臨港の駅や運河の辺りをつらぬき
黄褐の亜硫酸ガスの空にのぼる
人たちはうしろからきて声にのぼる
精鋼所の空からつづく列となって
きょうの背姿にかさなってゆく　だが
いまも失わないとは日に生きることではなく
過ぎ去るとは日に死ぬことではない
おれの遠い前から記憶を裂いて現われるものは幻ではなく
おれは街路樹より傾いてそれを待つ
いや待っているのは十月の街の苦悩と安らぎだ

きょうの街はおれの心より鋭く傾いているが
それは十月の戦士の唯一の苦悩と安らぎではないのだ

『地中の武器』（思潮社　一九六二年）

「十月の心」は、革命の詩だ。もっといえば革命の夢にあたら青春を賭けたものの……。「一九一七年十月」（ロシア革命・ソビエト政府樹立）と、「一九五六年十月」（反スターリニズム・ハンガリー動乱）」は、ときの先鋭なる若者らを惑乱させた。じつにこの「ふたつの鉛の塊り」ともいうべき、その間で振られ苦悶し傷つき病んだ「戦士」の闘いの記だ。

黒田喜夫《きお》。山形県は寒河江《さがえ》の寒村産。高等小学校卒業後、上京。京浜工業地帯で工場労働者として働く。戦中、「空襲、プロレタリア文学、ロシア文学、夜学、飢餓、サボタージュ等々のきれぎれをもつ」（「一九五九年夏の日記」）

敗戦の年、日本共産党に入党、郷里で農民運動に従事。昭和二五（一九五〇）年、二四歳。胸部疾患発病し、左肺合成樹脂充填術を受ける。入院中、初めて詩を書く。

二九年、再度上京。三五年、左肺開胸手術。三八年、清瀬、その「街の絶える林の右に秋光園という精神病院があり／林の左に全生園という癩園がある」そこ、国立東京病院東寮病棟に転院。左肺上葉切除術を受ける。

「夕方ホルマリン消毒をした一通の手紙を／窓から前へ投げすてて立つ」。このとき詩人が病床に呻きつつ夢見るのは革命の幻である。

「操車場の強烈な鉄の衝撃音」、軍需産業全盛の戦前戦中の京浜工業地帯。「少年労働者のギリヤーク顔」、絶望的なる工場労働少年時の脆弱著しい戯画的自画像。

「民衆のひとりのおれにパンのある世界を／というさけび」、飢餓線上にあった幼年時代。それらの暗く苦しく狂おしい想い出とともに。なんともこの最悪のときのべつの一篇につぎのような記述をここにひく。

「おれは日本人民解放軍戦士だった。ひとはそれをヒポコンデリイの妄想というが、だとすれば妄想のなかにこそおれの現実の日がある」（「地中の武器——元日本人民解放軍戦士の日記から」）

＊黒田喜夫（昭和元・一九二六～昭和五四・一九八四年）。山形県寒河江生まれ。詩集「不安と遊撃」「黒田喜夫詩集」「不帰郷」

厚木叡　伝説

ふかぶかと繁った森の奥に
いつの日からか不思議な村があった
見知らぬ刺《とげ》をその身に宿す人々が棲んでいた
その顔は醜くく　その心は優しかった。
刺からは薔薇がさき　その薔薇は死の匂いがした
人々は土を耕し　家を葺き　麵麭《ぱん》を焼いた
琴を鳴らし　宴に招き　愛し合った
こそ泥くらいはありもしたが
殺人も　姦通も　売笑もなかった
女たちの乳房は小さく　ふくまする子はいなかった。

百年に一人ほどわれと縊《くび》れる者がいたが
人々は首かしげ　やがて大声に笑いだした
急いで葬りの穴を掘り　少しだけ涙をこぼした
狂ったその頭蓋だけは森の獣の喰うに委《まか》せた
いつもする勇者の楯には載せられなんだ。

戦いはも早やなく　石弓執《と》る手は萎えていた
ただ時折りひそかな刺の疼きに人知れずうめき臥すとき
祖《おや》たちの猛々しい魂が帰ってきてその頬を赭《あか》く染めた
宵ごとに蜜柑《みかん》色に灯った窓からうめきと祈りの変らぬ儀式《リテュアル》が
香炉のように星々の空に立ち昇った。

幾百年か日がめぐり　人々は死に絶えた
最後の一人は褐《かち》いろの獅面神《スフィンクス》となった

頽《くずお》れた家々にはきづたが蔽い
彼等が作った花々が壮麗な森をなした
主のない家畜どもがその蔭に跳ね廻った。
夕べ夕べの雲が
獅面神の双の眼を七宝《しっぽう》色に染めた。

『いのちの芽』（三月書房　一九五三年）

ハンセン病療養所でひろく知られる多磨全生園。東村山市の東北端に位置し、清瀬市の西端に隣接する、一〇万坪余と広大で、緑豊かな武蔵野の森の一角にある。

北條民雄。ハンセン病文学で最もよく知られる、小説「いのちの初夜」（第三回・昭和一一年芥川賞候補）、その冒頭にいう。

「駅を出て二十分ほども雑木林の中を歩くともう病院の生垣《いけがき》が見え始めるが、それでもその間には谷のように低まった処や、小高い山のだらだら坂などがあって人家らしいものは一軒も見当たらなかった。東京からわずか二十マイルそこその処であるが、奥山へはいったような静けさと、人里離れた気配があった」

民雄の時代、ハンセン病は不治の烙印を押され、隔離と死を運命づけられた。戦後、だがこの業病を巡る状況が一変した。治療薬プロミンが登場して「治る病」となる。ここに新たな表現を模索する療養所の若者が中心になって生み出された詩運動がある。呼びかけ主導したのは、キリスト教者の詩人・大江満雄。

昭和二八（一九五三）年、ときまさに戦後「らい予防闘争」のさなか、大江編・詩集『いのちの芽』（八つの療養所から参加した七三人の二二七作品を収録）が三月書房より刊行される。その代表的存在の一人に厚木叡（一九三三年、全生園の前身・全生園に入院）がいる。

「伝説」。この作はハンセン病が「治る病」なると自ら宣する詩である。「ふかぶかと繁った森の奥」の「不思議な村」、とはそのまま全生園とみられよう。そこにひっそり身を寄せて棲む「見知らぬ刺《とげ》をその身に宿す人々」の明け暮れの変わらぬいちいち。

それも「幾百年か日がめぐり　人々は死に絶えた」という。そんなまるで遠い天体からながめやり、さながら貴種流離譚のごとく、ぽつりぽつりと後代に聴かせようよろしさ。きくところ、はるかずっと昔のこと、ハンセン病とかいう、そんな患いがあった、そうよなと……。

「夕べ夕べの雲が／獅面神の双の眼を七宝色に染めた」

＊厚木叡《さとし》（明治四四・一九一一～平成七・一九九五年）。兵庫県生まれ。別名・光岡良二。「水の相聞 光岡良二歌集」、「詩集 伝説」

【中央線沿線　II】

渋沢孝輔―五月のキジバト

壊れた朝
細々と流れる片割れの川　名残り川
流れてきたかたちのないものが
ひょいとかたちをなすあたりで
五月のキジバトが啼き　夜が明ける
ぼうたんの葉のうえのきらめく露
白つつじの澄んだ艶《なま》めき
つややかな若い緑にあたりは匂っているが
身うちにたまった
悪酔いの靄は晴れそうもない

死生すでに行方さだめず
死生すでに行方さだめず
そんな言葉が幻聴のように頭の中に鳴るばかりだ
それが何を意味しているのか
わたしにもよくは分らぬながら
ただただ宙をさまようような気分のままに
残酷どころの話ではない
まったく残酷どころの
話ではないと呟いている
五月の酔いの性《たち》の悪さは
追憶よりも生煮えの欲望をむやみに繋らせては
分厚い影の隈取りで妄想のかたちばかりを浮き立たせること
まったくキジバトの含み声は気にさわる
あの含み声よりは
ひとを小馬鹿にしたような

いつもの鴉の胴間声のほうがまだましだ
小馬鹿にされようと大馬鹿にされようと
いまのわたしにはべつに文句はない
そういえば大ぼけ小ぼけの断崖のうえを
列車で通ったのはいつのことだったか
いまここの崖ぎわの
ぼうたんの葉のうえのきらめく露の
すぐ向こうには片割れの川
少しは名のある名残り川が真黒な水を流している
町じゅうの汚れた記憶と臭気を流しているが
これでも十年前には清流だった
少しは名のある清流だった
彼方　遙か南の親川が数千年か
数万年前にここにつながっていたころには
さらに清冽な水を滔々と流していたことだろう

去年亡くなった『俘虜記』の作家が三十年ほども前に
懐かしいロマンの舞台にしたこともあり
たしか三十年前にはまだ
ハヤもとれ　コイもとれ　ウナギもとれたが
いまは魚一匹いない黒いドブ川
コンクリートの岸の護りだけが立派になって
町じゅうの腐った記憶と臭気を流している
死んでまで苦労させられますよ
駅前の酒屋の未亡人はそうこぼしながら
巨額の借入金の返済に汗水流している
旦那は駅前に七階建の雑居ビルを建て
よその女に子供まで産ませたうえで
同じく去年
誰も見ていないところで頓死してしまった
どうやらわたしと同県人で

年も同じ還暦間近だった
死んでまで苦労させられます
すべて彼の通夜の席から洩れてきたことだが
ついひと月前には駅の真上に
にわかに九階建の
さらに堂々として巨大なデパートビルが出現して
周囲の泥臭い屋並を睥睨しはじめた
かつての七堂伽藍の現代版だ
グルメ街やギャラリーやを含み
食料品売場には世界中の立派な酒が並んでいる
記念イヴェント中の屋上に立てば彼方
遙か南のわが親川のほうまで一望できるだろう
(ひょっとして西方浄土も望めるかもしれぬ)
そしてわたしの住むその親川の片割れの川
汚れた名残り川の崖上で　午前五時

虚ろな含み声のキジバトが啼き　夜が明けるのだ
スッポー　ポーポーポー
アッ　スッポー　ポーポーポー
死んでまで苦労させられます

壊れた朝
間もなく出来たての俗界の伽藍めがけて近郷近在からの
善男善女のひきもきらない殺到がはじまるころだが
わずかに清美な
湧き水の残る武蔵国分寺跡の草叢のあいだでは
剝きだしの無骨な礎石たちが頭をかかえ
そこでも多分キジバトが啼いている
スッポー　ポーポーポー
アッ　スッポー　ポーポーポー

『啼鳥四季』（思潮社　一九九一年）

渋沢孝輔。長く国分寺市南町三丁目に住んだ。晩期、しばしば住まいに近い野川を材にした詩をものした。渋沢、国分寺崖線（ハケ）下を流れる野川を、「親川」（多摩川）の道筋が変わり、その跡に残った小さな流路をいう。「片割れの川　名残り川」と。

ときは五月のひどい「悪酔いの靄は晴れそうもない」ばかりの二日酔いもいい。渋沢、御多分に漏れず泥酔派だ。そんな「壊れた朝」のこと。ふと浮かぶのは「川が真黒な水を流している／町じゅうの汚れた記憶と臭気を流している」ありさま一コマ。

「これでも十年前には清流だった／少しは名のある清流だった」。それが高度経済成長期を経て一九八〇年代前半までの、周辺地域の宅地化が進行し、下水道も未整備で生活雑排水が垂れ流しの汚染シーン。

それにつけ詮無いことに「去年（註：一九八八）亡くなった『俘虜記』の作家（註：大岡昇平）が三十年ほども前に／懐かしいロマン（註：「武蔵野夫人」）の舞台にしたこともあり／たしか三十年前にはまだ」などと記憶をたどるや……。

脈絡のないこと酔っ払いのつねで一転。ほんとうにいきなり「駅前の酒屋の未亡人」と、「巨額の借入金」を残し「頓死してしまった」、女狂いの「旦那」がからむ世間話などぐだぐだと。

ひとしきりそんなこんなもどこに「駅の真上に／にわかに九階建の／さらに堂々として巨大なデパートビルが出現して」というあんまりなありようありさま。

いまはもうはかなくも「わずかに清美な／湧き水の残る武蔵国分寺跡の草叢のあいだでは／剝きだしの無骨な礎石たちが頭をかかえ」なげくばかりであると。

ときに嗤うように「キジバト」が啼きかわす。いやなんと、その「虚ろな含み声」なる、ことったら。

「スッポー　ポーポーポー／アッ　スッポー　ポーポーポー」

＊渋沢孝輔（昭和五・一九三〇～平成一〇・一九九八年）。長野県小県郡長村（現、上田市）生まれ。
詩集「星曼荼羅」「行き方知れず抄」「綺想曲」

忌野清志郎―多摩蘭坂

夜に腰かけてた　中途半端な夢は
電話のベルで　醒まされた
無口になったぼくは　ふさわしく暮してる
言い忘れたことあるけれど

多摩蘭坂を登り切る手前の坂の
途中の家を借りて住んでる
だけど　どうも苦手さ　こんな夜は
お月さまのぞいてる　君の口に似てる

キスしておくれよ　窓から
多摩蘭坂を登り切る手前の坂の
途中の家を借りて住んでる
だけど　どうも苦手さ　こんな季節は
お月さまのぞいてる　君の口に似てる
キスしておくれよ　窓から

RCサクセション、アルバム「BLUE」収録（キティレコード　一九八一年）

JR中央線の国立駅。東側の通りを国分寺方面に向かって一〇分ほど歩くと「たまらん坂（多摩蘭坂）」なる不思議な名前の坂、いまや清志郎ファンの聖地である。

「多摩蘭坂」は、坂の途中の借家に住んでいる「ぼく」が深夜の電話のベルで夢を醒まされ、「君」

のことを思いだす。そして月を眺めて「君の口に似てる」なあと目を潤ませる。悲しい、いや「キスしておくれよ」とは、切ない。実際、清志郎のアパートはこの坂の途中から斜めに分岐する道の先にあったとか。

清志郎バラード代表作。ところでこの曲に事寄せて「たまらん坂」なるおかしく奇体な名をめぐって、なんとこの坂の来歴を調べる男の話を書いた小説があるのだ。黒井千次『たまらん坂』（講談社文芸文庫）。これが面白いこと。

はたして「たまらん」とはなぜ？　叢林の小道を逃げ延びた落武者が、意外と急な坂に思わず「たまらん」と声を漏らした。それが名前の由来らしい？　主人公は、この嘆き声に自らを重ねる。「現代の己を際立った落後者とも敗残者とも感じているのではなかったが、晴れがましく勝利した者でないことだけは明らかだった」。こんなような身になっているはずでは、でもこうとしか生きられなかった、いずれどんな人でもそうではないか。主人公は、そうして落武者の嘆きをしてさながら己へのひたすらなる応援歌と聴くぐあい。「たまらんなあ、と低く呟くと、なにがたまらんのか言葉を発した者自身がよくはわからないのに、たまらん、たまらん、と背後で深い声が答えてくれた」

清志郎「多摩蘭坂」。いやはやかくも、この若者のバラードが中年のエレジーと唱和する、ことになるとは……。

それはさて。ほかに幾つか国立を舞台にした歌がある。これがいい。どれも上等だがなかで「ぼくの自転車のうしろに乗りなよ」なんかはご機嫌である。

彼女を自転車の後ろに乗っけて、「二人乗りで　二人乗りで遊びに行こうよ」、そんな国分寺から坂を下り国立へ行くぐあい。南口に出て大学通りを走り、一橋大学の芝生の上で寝転ぶ。寝転び、二人、微笑む。

「君はいつもぼくを愛してる／君は言ってくれた／ぼくは悪くない／ぼくはそれほど悪くない／ぼくはちっとも悪くない／君だけを忘れない／ぼくの自転車のうしろに乗りなよ」

＊忌野清志郎（昭和二六・一九五一〜平成二一・二〇〇九年）。中野区生まれ、国分寺市育ち。「雨あがりの夜空に」「トランジスタ・ラジオ」（作詞・作曲）、詩集「エリーゼのために」

高村光太郎 葱

立川の友達から届いた葱は、
長さ二尺の白根を横へて
ぐつすりアトリエに寝こんでゐる。
三多摩平野をかけめぐる
風の申し子、冬の精鋭。
俵を敷いた大胆不敵な葱を見ると、
ちきしやう、
造形なんて影がうすいぞ。
友がくれた一束の葱に
俺が感謝するのはその抽象無視だ。

『高村光太郎全集』第二巻（筑摩書房　一九五七年）

立川市「詩歌の道」（立川市錦町、多摩モノレール・柴崎体育館駅から徒歩三分）。根川緑道を中心に、立川市歴史民俗資料館から根川貝殻坂橋までの約二・四キロメートルに市にゆかりの深い作家の句碑や歌碑などが建立されている。なかに掲出の高村光太郎「葱」詩碑（東京都農業試験場内）がある。

「この詩は、高村光太郎夫人智恵子さんと親交のあった佐藤元農業試験場長夫人から贈られた立川産の葱を謳ったものです」（説明文）と。この「夫人」とは、智恵子の親友・旗野スミ（日本女子大の後輩、新潟県阿賀野市の吉田東伍記念博物館で有名な旗野家の子女）である。

「葱」は、大正一四（一九二五）年、一二月二八日の作。「詩人倶楽部」（一九二六年四月）掲載。じつはこの前後しばらく智恵子もとても元気であった。おもわぬこの贈り物は嬉しかったろう。しかし立川が葱の産地だとは？　でこれは、白い部分を食用にする根深ネギ（青ネギ）、であろう。

「長さ二尺の白根を横へて／ぐつすりアトリエに寝こんでゐる。」

光太郎はというと、ひとりそいつを凝視するように対峙しつづけること、反問しやまない。「風の申し子、冬の精鋭。」たる、この「大胆不敵な葱を見ると、」ほんとうにいったいぜんたい俺様がこれまでやりつづけてきた、そうしてこれからのやろうとする仕事なんてなんだっていうのだ。

「ちきしやう、／造形なんて影がうすいぞ。」。という「造形」それは、おそらくこの年末に制作していたブロンズ塑造〈老人の首〉であったか、どうかの推測はさて。光太郎は、切歯扼腕する。

これみよ、ほんとこの人間「造形」にくらべて自然「造形」のなんたる「抽象無視」ぶりったら、どうだと……。

ときは師走歳晩近くなり。それでいただいた「葱」はどうしたものか？　光太郎は、健啖家だ。おそらくそんな、一日目、牛鍋、二日目、根深汁、にしたかどうか。いずれさて智恵子と笑いなかば舌鼓を打っただろう！

＊高村光太郎（明治一六・一八八三〜昭和三一・一九五六年）。東京市下谷区（現、東京都台東区）生まれ。詩集「道程」「智恵子抄」「典型」「暗愚小伝」

秋山清—八王子

八王子市の大通りには
めずらしや桑の街路樹が
濃緑の葉の艶《つや》つやと
七月の午後の太陽にてり映える。
桑の街路樹なんてどこにも聞いたことがない。
なるほど八王子。
四、五十年前は安物絹布、銘仙などの大集散地。
いま機屋《はたや》の幾軒がのこっているか。
いないか。
和服の需要は枯れてしまったが

ネクタイ生産は国の七〇パーセント。
輸出も現在なかなかです、と商工会議所の弁。
街の歴史から思いついた並木だとすれば
ちょっとした、それは、いや、なかなかの思いつきだ。
滄桑の変ともいうが
ぼくは並木のことが好きだから
このめずらしい桑の並木を吹聴しよう。
八王子市の大通りに
どこにもない「桑の並木」がある。
ニッポン一。

『季節の雑話』（創樹社　一九七八年）

—

八王子は、戦国時代は後北条氏の城下町、江戸時代には甲州街道の宿場町として栄えた。八王子の織物については、一一〇〇年前の平安時代の延喜七（九〇七）年の国の延喜式に生糸・布が当地に産するとの記述がある。爾来、絹織物（多摩織）・養蚕業が盛んで「桑の都」「桑都《そうと》」と呼ばれる（参照：吉増剛造「織物」）。

明治以降、山梨、長野、群馬、栃木ほかから鉄道により当地に生糸が集積され加工された。絹織物は横浜鉄道（現、JR横浜線）で横浜港に輸送され、当時の貴重な外貨獲得源として世界中に輸出された。

「絹の道」（八王子市鑓水）は、いまもその面影を残しているが。明治一四（一八八一）年、ときの政府のデフレ政策により、生糸の暴落を招き、打撃を受けた養蚕農民は窮乏し、三年後、多摩困民党の乱が惹起する（参照：辺見じゅん『呪われたシルク・ロード』）。

秋山清、アナーキスト詩人。だけどどうしてか本作にはこの乱についての記述はまったくない。そこらはこの人なりの人生観があってことだろう。「滄桑の変」（註：桑田変じて滄海となるような大変化）。そんなものは棚から牡丹餅というものではと。

それはさていうところの、ガチャンと織れば万と儲かる「ガチャ万」時代は戦後しばらくで、だめになるとどうしたか。「和服」なんぞにこだわらず昭和三〇年代からは代替商品としてもっぱら「ネクタイ生産」。

秋山、これこそ庶民の変わり身の早さと快哉したのでは。それもだけど八王子ネクタイが大正デモクラシーを背景として始まったと「商工会議所」から聞いて俄然合点しもしたか。ここはとまれ「並木のことが好きだから／このめずらしい桑の並木を吹聴しよう」といぅしだい。「八王子市の大通り」駅前から真っ直ぐ伸びる街路に「どこにもない「桑の並木」がある」。そしてしまい漢字でないカタカナ書き「ニッポン 一」がいかにもこの詩人らしくあるか。

浅川を渡れば富士の影清く桑の都に青嵐吹く　西行

＊秋山清（明治三七・一九〇四〜昭和六三・一九八八年）。福岡県小倉市（現、北九州市）生まれ。詩集「象のはなし」「秋山清詩集」、評論集「日本の反逆思想」

瀬沼孝彰—虫を見に行く

仕事の休憩時間などにファーブルの『昆虫記』をひらくことが多くなった。虫たちの生態についてファーブルが綴った文章を読んでいると不思議と気持が落ち着いてくる。彼が貧困に耐えながら虫たちの観察についやした途方もない情熱と時間を思う。ファーブルには昆虫たちが必要だったのだろう。もの言わぬ虫たちとの対話が。

休日になると街のはずれにある雑木林によく出かけた。ビニール袋に入れたシャベルをこっそりと持って。

虫たちは目に見えない様々な場所に生息している。樹皮の隙間や葉裏の影。木洩れ陽をためたこの雑木林が、彼等の豊かな家屋なのだ。

人に害虫というレッテルをはられた虫たちもその生活を知ると実に魅力的に感じられてくる。立派な肢を持っているのに背中で歩くハナムグリの幼虫。芋虫たちの身体を彩る青や緑の鮮やかな色彩。この林で分厚い眼鏡をかけた一人の少年とも、顔見知りになった。わたしにはなぜか彼が学校でいじめられているような気がして仕方がなかった。少年は櫟の木の傍にしゃがみ込み、地面を這うコオロギを眺めていることがあった。コオロギの片肢はもげ、苦しそうに動いていた。少年は何かを噛みしめるようにじっと見つめていた。冬のある日。少年の声をはじめて聞くことができた。それまで一度も会話をかわしたことのなかった彼が歓声を上げたのだ。

落葉をはらい、彼が掘りおこした腐食土を見る。数匹のコガネ虫が身を寄せあい、ひっそりと呼吸していた。あたたかい春の陽射しを待ち望むように。

＊

「おまえは近頃、難しい問題になると昆虫の話をしはじめるな」

父の言葉が苦くひびいてくる。雑木林はすでになくなっていた。あの昆虫少年と会う機会も失われてしまった。それでも散歩に出ると、わたしの足はあの林の方角に向かってしまう。

雑木林を造成した跡地は空き地のまま放置されていた。不況で買い占めた不動産会社が倒産してしまったのだ。

数日前まで降り続いた雨によって空き地には大きな水たまりができていた。

それは川でも、海でもないプールのように思われた。どこにも流れる場所を持たない澱んだ時代のプール。この時代のプール。

水面で輝くものがある。

アメコガネだった。無数のアメコガネの死骸が声を上げるようにオレンジ色に光っていた。

『凍えた耳』（ふらんす堂　一九九六年）

浅川。陣馬山に発し、八王子市の西は、「夕焼け小焼け」の歌のモデルとなった恩方から流れ、日野市の南地域を横切り、多摩川と合流する。車窓から眺めるかぎり郊外によくある変哲もない川でしかない。

しかしながらその流れに親しみ育ったものにはちがう。瀬の音、せせらぎ、淵の青……。そのなにもかにも深くに刻んだ思いがあるものである。

瀬沼孝彰。いうならば浅川の清流を汲んだ産湯で呱々《ここ》の声をあげた。河原堤で蝶を追い、竿を投げ、魚を揚げ、雑木林で虫を捕り。それだけに浅川愛は人一倍なのだった。

第一詩集『小田さんの家』（七月堂　一九八八年）。瀬沼は、その表題通り、東浅川の河原にバラックを建てて住む小田おばさんを主役に詩を書いた。「夫を戦争で失ってから、女手一つで三人の子供を育てるために人夫・廃品回収業、できるものは何でもしてきたという小田さん」。それがいつか自身の手でその家は火に包まれて跡形なく消えてしまうと……。

「虫を見に行く」は、上浅川は流域の雑木林。「休日になると」虫探しに行く「わたし」が、いつとなし「顔見知りになった」いじめられ子らしい「分厚い眼鏡をかけた一人の少年」。「片肢」のない「コオロギを眺めている」その子。「掘りおこした腐食土」のそこに蠢く「数匹のコガネ虫」に歓声を上げたその子。

しかしなんということではあるものか。いや「雑木林はすでになくなっていた。あの昆虫少年と会う機会も失われてしまった。」のだ。そうそれからまったくいかほどもなく……。

瀬沼孝彰。知る人ぞ知る。心優しくあること、ひっそりと寂れゆく景に歩み入ってゆく、いっぽう淋しげな人に寄り添いつづけた、たぐいまれな個性。

平成八（一九九六）年、八月二八日、交通事故で急逝。享年四二。いまごろきっとその魂はそこに憩っていることだろう。

「また来てしまったな……／……／だが、わたしはなぜかこの場所に無性に来たくなってしまう。／風景と自分が一つに重なるような気がするのだ。」（「東浅川にて」）

＊瀬沼孝彰（昭和二九・一九五四〜平成八・一九九六年）。八王子市生まれ。詩集「ナイト・ハイキング」「夢の家」

清水昶　学校

――この世には馬鹿と悪党しかいない。
馬鹿になるより悪党になれ。
（フランス民話より）

そしてそのとき
少年の心に稲妻が走り
雨の花は
その花だけが
世界中でもっとも孤独な
惨劇をみまもっていた
これは見てきたような嘘である　薄い紙の記憶の上の

ぼくが最初に嘘をついたのは
少年時代
まずしい両親の家から日銭をかっぱらい
豪華にパッチンで完敗したことだ
村の子供たちは
いちはやくたのしげに　都会育ちのボーッとした
「世間」をカモにしたのである
カモは　ばれる
母親は詰問した　涙を流して
盗むなといった
そのランプの光だけの暗い部屋で
ぼくの心は揺らめき
人性も盗めることもしったのだ
「火の球投手」としてしられた大リーガーの
ボブフェラーはいっている

「さらに、また、盗むやつを盗め」とね
ベースを盗む　あるいは盗まれる
若い年齢だって　夜の桃のように
盗むこともできるのである

この世の中には　じつは
「ほんとうのこと」など何もない
ということがある
人間はだれでも　しかし
ひとつだけ堪えがたいものを持っている
黙殺されるということだ
見てきたような嘘といったけど
毎日が嘘のように散ってゆく
その日々を振りかえると
奇妙なスピードで前進してゆく

風景というのもあるものだ

むかし学校には、たいてい「刺客」の目をした子供がいた
親殺し　ほんとうに刺し殺してしまうのだ
東京都秋川市　ぼくとは話ひとつしたこともない
となりの席の中学生が　沈黙をひきぬいて
殺《や》った
その酒乱の父親は
紫陽花の乱れ咲く庭で飛び出しナイフで一突き
ぼくは同情しなかった　彼の「殺意」を見たこともなく
殺すのも殺されるのもあたりまえと思ったから……
同級生たちから
嘆願減刑の署名がまわってきた
そのときはじめて
自分の名を書いた

答案用紙以外に……白紙のまんなかに
質問ばかりしていた教室の中学生
名前だけはしっかりと記してみた
名前ばかりの教室で
まぶしいナイフがいまも光っているのは
なぜだろう……

『学校』（思潮社　一九八八年）

「学校」。この作の理解の助けに、まずその前半部は作者清水の「少年時代」からみる。一九四五（昭和二〇）年、五歳時に敗戦。陸軍中佐の父が公職追放（註：科学者で戦中は弾道学を研究）。翌年冬、父が郷里で農業に就くため、山口県阿武《あぶ》郡《ぐん》高俣村《たかまたむら》（現、萩市むつみ村）へ。

高俣小学校に転校。両親の「日銭をかっぱらい／豪華にパッチン（註：メンコ）で完敗」云々以下はこの村での所業。この「ランプの光だけの暗い部屋」とは？　二歳上の兄、詩人・哲男の句が涙物だ。

山笑う生活保護を受けている

弟泣くぞ登校一里の坂の春

「ボブフェラー」は、当時、少年に大人気のノーラン・ライアン以前の速球王。五二年春、父の職場が決まり、都下西多摩郡多西村（現、あきる野市）へ。多西中学校（現、あきる野市立秋多中学校）に転校。ここで惨劇がある。

「むかし学校には、たいてい「刺客」の目をした子供がいた」。ほんとこれぞ、戦争で負けた国の現実、でこそあった。しかもそこは基地の街は福生の近くというのだ。清水は、のちに書いている。「その風俗的なアメリカ「文化」に出会い、一種の敵意と反感を抱くことによって、ひどく右傾化していった。単純にいえば「反米愛国」といった一種の民族派右翼に共通した心情である」（「父の村」）

いうならばそれはそんな「心情」が内攻したはてにさせたことか。「この世の中には　じつは／「ほんとうのこと」など何もない」。はずなのに「ほんとうのこと」が身近で惹起してしまっているとは？

「親殺し　ほんとうに刺し殺してしまうのだ」「となりの席の中学生が」「殺った」「飛び出しナイフで一突き」

ところでどうだろう、いやその終行にきてそんな「名前ばかりの教室で」とはどういう意味のことか、どうもわからないが。それはみずからの青春がそれこそ、まったく「黙殺され」ぱなしで、あるほかなかった心中をいうのか。そうそれこそ「殺った」やつとおなしに……。

＊清水昶《あきら》（昭和一五・一九四〇～平成二三・二〇一一年）。東京府中野区鷺宮生まれ。詩集「少年」「朝の道」「野の舟」

【多摩川流域・多摩丘陵】

八木重吉―ふるさとの川

ふるさとの川よ
ふるさとの川よ
よい音《おと》をたててながれてゐるだろう

『八木重吉全集』第三巻（筑摩書房　一九八二年）

八木重吉。明治四五（一九一二）年、神奈川県師範学校予科（現、横浜国立大学）に入学。タゴールや北村透谷を読み、文学と信仰に近づく。大正八（一九一九）年、二一歳、受洗、内村鑑三に導かれ無教会主義に近づく。翌春、家庭教師をした縁で女子学生、島田とみ子と出会う。

重吉は、一途だ。

一一年夏、結婚。ときに重吉二四歳、とみ子一七歳。これがじつは生家の意向にそむいた略奪婚ともいうべき強引な結婚であった（その経緯は先行する北村透谷と石坂ミナの結婚を想起させる）。やがて一男一女を得て、より一層詩作に励む。

一四年、『秋の瞳』を刊行。詩と信仰の合一を目指し精進するが、それは茨の道を行くこと。

「これがいのちか／これがいのちか／ぬらぬらとおぐらいともしびのもとにみる／おのれの生活　つまよ　ひとりの児よ／このようにくれ　またあしたをむかえる／これだけがいのちのあじわいなのか」（「無題――純情を慕ひて」）

病気と貧困つづきの懊悩の日々。この世ならぬ、神の前に完全無欠な愛の家、それを築こう。重吉はあまりにも純粋すぎるのである。まったく現実はというと、ただもう「ぬらぬらとおぐらい」ままで、どこにも光明はみえない。重吉はほとんど発狂しそうになる。

「裸になつてとびだし／基督のあしもとにひざまづきたい／しかしわたしには妻と子があります／すてることができるだけ捨てます／けれど妻と子をすてることはできない」（「私の詩」）

一五年、結核第二期と診断される。重吉はひたすら祈りつづける。そしてやがて迎える死の床でとみ子に告げていうのだ。

「神様の名を呼ばぬ時は／お前の名を呼んでゐる」（「ノオトD」）

昭和二（一九二七）年一〇月二六日、昇天。享年二九。重吉没後、二人の遺児をも相次いで亡くしたとみ子は、歌人吉野秀雄と再婚。夫とともに協力して、三三年『定本八木重吉詩集』を刊行するなど、重吉の遺志の顕彰につとめる。

墓は、生家近くに立ち、すぐそばに小さな川が流れている。また「ふるさとの川」の詩碑が、相原幼稚園（重吉学ぶ相原小学校大戸分校跡）に立つ。

＊八木重吉（明治三一・一八九八〜昭和二・一九二七年）。東京府南多摩郡堺村相原大戸（現、東京都町田市相原町）生まれ。詩集「秋の瞳」「貧しき信徒」

西脇順三郎　十月

二十年ほど前は
まだコンクリートの堤防
を作らない人間がいた。
あのすさんだかたまつたシャヴァンヌの風景があつた。
ス、キの藪の中に
キチガイ茄子のぶらさがる
あの多摩川のへりでくずれかけた
曲つた畑に
梨と葡萄を作つている男
の家に遊びに行つた。

地蜂の巣をとりに
牛肉を棒の先につけて
イモ畑をかけ出した
あの叙事詩。
十月の末のころでその男の縁側で
すばらしい第三の男にあつたのだ。
彼は毎日肩の破れたシャツをきて
投網で魚をとるのだがその
顔はメディチのロレンゾの死面だ。
すばらしい灰色の漆喰である。
彼は柿を調布のくず屋から買つてきた
剃刀でむいてたべた。
終りは困難である。
登戸のケヤキが見えなくなるまで
畑の中で

将棋をさして来た。

『第三の神話』（東京創元社　一九五三年）

J・N（ジュンザブロウ・ニシワキ）。だだっぴろい武蔵野をへめぐること、じつにこの人ほど武蔵野を歩きまわり、「ス、キの藪の中に／キチガイ茄子のぶらさがる」、よろしき多摩川を愛した人はいまい。

「コンクリートの堤防」以前、川が川らしく流れつづけ、多摩の河原には、人が人らしく生きていた！「シャヴァンヌの風景」がひろがる「あの多摩川のへりでくずれかけた／曲つた畑に／梨と葡萄を作つている男」と「地蜂の巣」探しに興じるやら。はたまた「その男の縁側で」知り合った「すばらしい第三の男」。さながら「メディチのロレンゾの死面」の風貌で「毎日肩の破れたシャツをきて／投網で魚をとる」おかしな「彼」と「畑の中で／将棋をさし」たりした……。

「こんなつまらないことのほうが、人間という生物の地球上の経験として、私にとっては相当重大な思出となろう」（「春」『野原をゆく』）

きょう多摩川の「コンクリートの堤防」をジョギングし散策する同胞たちよ。いまこそJ・Nのこの嘆きをききとどけよ。

「ギボンが「ローマ帝国の衰亡史」を書いたように「河原の衰亡」を誰か書く人が出るだろう。河原の歴史はすでに日本の芸能史に発展しそうだ。素朴な世界はもう河原にはない。多摩川の「摘み草」などは河原のまぼろしになった。黒塗のゲタをはいて、水色のすそをひきずるまるまげの母親は勿論いない。レンゲソウは化学肥料に圧迫された。ツクシの原には浅草あたりから金持の奥さんが来てネオンの料亭を建ててしまった」（「われ、素朴を愛す」同前）

「多摩人よ／君達の河原を見に来た。／岩の割れ目に／桃の木のうしろに／釣人の糸はうら悲しいのだ。ヴィオロンの春だ。」（「紀行」『近代の寓話』）

＊ピエール・ピュヴィ・ド・シャヴァンヌ（Pierre Puvis de Chavannes, 一八二四〜一八九八年）。フランスの画家。代表作「貧しき漁師」。大原美術館に作品収蔵。

＊ロレンツォ・デ・メディチ（Lorenzo de' Medici, 一四四九〜一四九二年）。イタリア、フィレンツェのルネサンス期におけるメディチ家最盛時の当主。

深尾須磨子――祖師谷より（組詩・抄）

道しるべ

南　二子《ふたこ》道《みち》
北　高井戸道
西　府中

底の抜けたかごが
通りそうな四つ角

居酒屋もあり
よろず屋もあり

釣鐘《つりがね》池

いつもなみなみと
源《みなもと》はどこにあるのでしょう

古い伝説はもう風になり
里の娘は水鏡
おしめも洗えば
野菜も洗う
重宝な池

えびかにが泡をふき
神様の影がゆれている

花鳥

花は武蔵野の

七草《ななくさ》　千草《ちぐさ》
そして　あざみやたびらこや
げんのしょうこやいたどり花
森のほとりにはきつねのちょうちん

鳥はまず
有名なうぐいすにほととぎす
珍しいのは支那の小綬雞《こじゅけい》
つぐみ　ほおじろ　もず　めじろ
おなが　やまばと　ひよ　しらさぎ
ぶんちょう　たしぎ　やましぎ　ぼてしぎ
旅のつばめやごいさぎや
ねやのとびらを打つくいな
そして　会議の好きなすずめどの
その他大勢

杢太郎さん

土の名人　杢太郎《もくたろう》
杢太郎さんの曰くには――
おえらい人というものは
大根やいもを作るにも
机の上が畠《はたけ》だよ
ところでおれたち百姓《ひやくしよう》は
なにより土が相手だよ
それも永年住みなれた土地の土
そこで物を作るのさ
おれの国ではやれどうの
おれの国ではやれどうの
などといっては見るものの
けっきょく住みなれた土地でなければ

何ともかともいえないのだ
作り方も土次第ではなかろうか――
さてその杢太郎さん
あなたに育てられた野菜たち
ああ　祖師谷の野菜たち

闇夜

月のない夜はしんの闇《やみ》
小さなあかりが通ります
あれは小田原提燈《ぢょうちん》ではない
懐中電燈です

小屋ずまい

土間のなかに
たけのこが生える

きのこが生える
小屋ずまい

手押ポンプで水を汲む
はねつるべならなお便利
かめで汲むならなお便利
しらつゆ結ぶかめの水
ソロモン王にささげばや

『詩編　深尾須磨子選集』（新樹社　一九七〇年）

深尾須磨子。与謝野晶子に並ぶ女性詩人？　だが一般的に名前を知られなく、その詩史上の評価も定まってない。この人は毀誉褒貶の固まり。

大正一四（一九三五）年、派遣されて初めて渡欧。その後、ムッソリーニと握手した感激を正直に詩に書きファシストの烙印を頂戴する。敗戦、須磨子、戦時の不明を悔いて長詩「ひとりお美しいお富士さん」を書き哄笑した。

「ね　ひとりお美しいお富士さん／あんたの姿も／なんのことはない／ほんのちょっとばかり大きなバラックの屋根だよ／やけにからっ風が吹きまくってさ／あああああ　わたしゃおしっこがしたい」と。

「祖師谷より」は、一〇の短章から成る組詩。うち六章を抄録。祖師谷は、現在、世田谷区中部に位置し、小田急電鉄祖師ヶ谷大蔵駅の北側の地域、南側は砧。駅に通じる祖師谷通り、西通りを中心に商店や住宅が広がる。しかしこの焼け跡の祖師谷の裸の姿はどうだろう。

「都のかたほとり／祖師谷に住まい候／ここも涙の谷／笑いの谷／太陽は東よりのぼり候／……／寂しさも／しばしここにて立止り候」（「序詩」）なんて幕開け口上の陽気なこと！

みれば「釣鐘池」でもって、「おしめも洗えば／野菜も洗う」のだと。あたりは「闇夜」となると、「月のない夜はしんの闇」。でみんな「小屋ずまい」をしていて、「土間のなかに／たけのこが生える／……／手押ポンプで水を汲む」だって。

だけども「げんのしょうこやいたどり花／森のほとりにはきつねのちょうちん」「ねやのとびらを打つくいな／そして　会議の好きなすずめどの／その他大勢」（「花鳥」）いっぱい。

いやほんと「杢太郎さん」のおいしい「ああ　祖師谷の野菜たち」よである。自由だ！　野放図。元気だ！

「かにかくに／祖師谷とは／かかるところにて候／……／まこと真の文化は／ここ祖師谷の土より花となり申すべし／あなかしこ　あなかしこ」（「結び」）

＊深尾須磨子（明治二一・一八八八～昭和四九・一九七四年）。兵庫県氷上郡大路村（現、丹波市）生まれ。「列島おんなのうた」「マダム・Xの春　深尾須磨子作品抄」

菅原克己―佐須村(十二月)

裏のほうれん草畑で
平八つぁんの麦わら帽子が
ゆっくり動いている。
(病気はよくなったのかしら)

どこかで
犬が吠えたが
すぐしんとしてしまった。
かんざしのような山茶花が咲いて
道は白っぽく乾いている。

今夜は
久し振りにクリスティでも読もう。
膝に毛布をかけた
うちの「マープル小母さん」は、
ストーブのそばでミカンを食べながら
平八つぁんの持病のことを心配するだろう。
あの人は、あんたと同じ年なのに、
などと独り言をいいながら……。

『夏の話』(土曜美術社　一九八一年)

――――

菅原克己。戦中から戦後にかけて市井の片隅に生きる庶民の姿を平明な言葉で生き生きと活写した詩人。数多くはないがいまも熱烈なるファンをもつ。

昭和三一（一九五六）年。四五歳。調布市佐須村《さず》（現、佐須町）に住む。以来、佐須の暮らしと、そこに生きる人々の日々の一コマ一コマを野川、深大寺の景物を背景に描いてきた。

「佐須村」は、おそらく昭和五〇年代初めのいつか、ある年の、一月の詩「馬背口の欅」から一二月の詩「佐須村」まで、各月一編、書き続けた連作。これが面白いのだ。

二月、「なんじゃもんじゃの木」。深大寺の植物公園が舞台、ここに誘った若い「あいすけ君」がおかしい。「この寺にはなんじゃもんじゃの木がある、／というと、／かれは目をまるくして／それはなんじゃ、とお国訛りでいった。」

四月、「花市」。なんでもないような近隣の風景や知友の消息がなんともよろしい。「サークルの帰りに／調布の、サルスベリの／並木みちを歩いてくると、／駅前広場に／花市がたった。」「きのう、病院で／友だちが死んだ。／友だちは／ぼくと同じ年だった」

などどれもいいがなかでも微笑ましくあるのはこれだろう。奥方ミツさんと、詩人と同じ歳の「平八つぁん」を題材にする作品だ。「裏のほうれん草畑で／平八つぁんの麦わら帽子が（註：六月「野バラ」にも同じ帽子姿で登場）／ゆっくり動いている。」

ミツさん、それをしばし目に「（病気はよくなったのかしら）」と案じるあんばい。いやほんとうに穏やかに老いたうちの「マープル小母さん」（註：アガサ・クリスティ作の推理小説に登場する老嬢名探偵ミス・マープル）とのゆるい暮れかたの時のよろしいこと。これぞ歳月の贈り物だろう。ほんとミッさんは出来た女房だったらしい。詩人は自分の葬儀を想像して書く。

「かみさんは云うだろう、／生涯、貧乏ぐらしでした。／いいことなんか、あんまりなかった。

／ただ、亭主は詩人でした……。」（「わが家のかみさん」）

＊菅原克己（明治四四・一九一一〜昭和六三・一九八八年）。宮城県亘理町生まれ。詩集「日の底」「叔父さんの魔法」。小説・エッセイ集「遠い城」

黒田三郎—はるかなもの

いつごろから
こういうことになったのだろう
暮れかけた
多摩川の土堤のうえを
うつうつとしてひとり歩く
家や山の遠近が
次第におぼろになってくる
日は沈みすべての音も遠くなる
歩きつかれて草に坐る
うつろな心

そのうつろな心に
ふと何かがよみがえる
はるかな、はるかなもの
子どものころの
遠足の日のおにぎりの手触りや
縁日の夜のアセチレンの匂い
それからまた思いなおして
しずかに立ち上がり
闇のなかへ
歩きはじめる

『ある日ある時』(昭森社　一九六八年)

―

黒田三郎。五〇歳、めでたくその日を迎えること、ほとんど笑いなかば綴っている、とんでもない痛みを堪えながら。

「武蔵野の雑木林を歩き疲れて／一本の酒と一椀のそばに／われを忘れる／そんな具合だったら／どんなにいいか／ぎっくり腰で寝ている誕生日」（「誕生日」）

昭和四二（一九七二）年、四八歳、黒田は、練馬区上石神井の石神井公園団地に住む。それからは気が塞ぐと武蔵野へ足を向けて、「多摩川の土堤」を歩き回るのだった。「うつうつとして」。歩きつつ思うことに明るい光はない。戦争の青春、戦後の虚脱、死病の結核、苦しくも狂おしい日ばかり。

だからなおさら「一本の酒と一椀のそばに」となるのだろう。だがそれではすまぬこの人はひどい飲んだくれというしまつ。それはもうかずかぎりない泥酔のはての悶着をくりかえしてきている。「年譜」から一部のみ。

三六歳、愛娘ユリ（参照・詩集『小さなユリと』）を迎えに行きがけバスに轢かれ、入院二週間。四九歳、深酒して椅子から落ち左鎖骨を折り、入院手術、自宅療養二ヵ月。五五歳、飲んで左足を痛め仰臥三ヵ月。

壮年の二〇年での歴々たる事故歴と病歴。しかもこの期間じつに、幾度か糖尿病、胃潰瘍、急性肺炎で入院、しかしながら断酒ならず。これにはいかな名医様もいかんともしがたい。いやもうほとんど自殺的とでもいうほかない。

それはさてどうだろう。そんな「遠近が／次第におぼろになって」「すべての音も遠くなる」なんて。繰り返すけど、ときに四八歳なれば、老け過ぎでは。ちょっとひどいのでは。かくして歩き疲れて思うこと。「はるかな、はるかなもの」とはなにかと笑いなかば涙がこぼれそう。

なんという「遠足の日のおにぎりの手触りや」「縁日の夜のアセチレンの匂い」ばかりだと。そうしてしんと「闇のなかへ／歩きはじめる」としておしまい。

「やがて／黒田三郎「という」／飲んだくれがいて／死んだ「ということである」」（「流血」）

松田幸雄―小田急多摩川渡橋

一本の白い道　はじまり
草堤は　ところどころ
土の瘡蓋
虫食いの腹
陽に曝して並ぶ貸ボート
葭簀小屋に人無く
芝草に露乾き
やがて悲しき淵に　押し寄せる重い水
そこにぼくは見る　幻の魚
尾鰭を力強く振って水勢にあらがい

胸鰭を細かく震わせて方向を正し
と　銀鱗一閃！
残るは　石を噛む水
浅瀬に居直る石　沈む石
石塊　砂利　泥　砂　それらがさまざまに
組合わさり造りだす　いくつかの中洲
大雨のたびに生まれ　消え　形を変えるもの
また秋の長雨のあとは泥に倒された草
思索する白鷺の脛《はぎ》に水戯れるところ
石の形と並びのままに
水が織りなす光と影の綾模様
昨日の恋文《ふみ》ぞ今日は苦となり
今日の扶持は明日は屁か
風に吹かれて　どこへ消える
野良犬一匹のなれの果て

粗土の河原　狭まり
多摩の山　遠く薄光に輝《かがよ》い
一本の白い道　中天におわる
この間二十七秒
一齣の永遠

『日輪王』（花神社　一九八六年）

「にょうぼ死んだぜ、おれ自由！／だからとことん、飲んでやる」。いったい詩人というとそんな不届きなやつばかり、ふつうに世間ではそのように白眼でみられてきた。

松田幸雄。そんなやからとほど遠くあるおかたである。おそらく多くには知られない。いわゆる時代の詩から離れること、ひっそり一人の道を歩んできた。静かな詩を書く静かな人。

松田は、ついてはよく知らないが、大手商社に職を得て実直な務め人として無事定年まで勤め上げた、そのようにも聞いている。海外赴任も長くあって、英詩翻訳も少なくない。

松田、町田市鶴川在。というのであれば都心のオフィスまで、毎日、小田急線の乗客として、毎度、多摩川渡橋を通過すると。

「草堤は　ところどころ／土の瘡蓋／虫食いの腹／陽に曝して並ぶ貸ボート／葭簀小屋に人無く」

そんな長早の日もあれば、とんでもなく、ひどい大雨の日とてある。通勤のその朝夕、車窓をのぞいて物思いにふける。業務の山積やら、上司の叱責やら。

いつものことである。だがそれはおそろしい雷雨、電車が止ってしまいそうで、会社を休みとしたいような、大荒れのときだったろう。いやなんということ。

ときなにかと目をやっている……。とすると「押し寄せる重い水」の「水勢にあらがい」「幻の魚」が「銀鱗一閃！」きらりと。ひらめかせ飛びあがるでは……。

しかしふっと我に帰ればどうだ。おのれはいつものおのれで「昨日の恋文ぞ今日は苦となり／今日の扶持は明日は屁か」なんてほざくしかないやつ。そうかといってひとりしんと「思索する白鷺」にもとうていなれっこない。ほんにしがない「野良犬一匹のなれの果て」というざまったら。へらへらと臍が茶をわかすわ。

小田急多摩川渡橋。「一本の白い道　はじまり」、「一本の白い道　中天におわる」、「この間二十七秒／一齣の永遠」

＊松田幸雄（昭和二・一九二七～平成二五・二〇一三年）。千葉県印旛郡安食町（現、栄町）生まれ。詩集「中間点」「夕映えを讃えよ」

荒井由実—中央フリーウェイ

中央フリーウェイ
調布基地を追い越し　山にむかって行けば
黄昏がフロント・グラスを　染めて広がる
中央フリーウェイ
片手で持つハンドル　片手で肩を抱いて
愛してるって　言ってもきこえない
風が強くて

町の灯が　やがてまたたきだす
二人して　流星になったみたい

中央フリーウェイ
右に見える競馬場　左はビール工場
この道は　まるで滑走路　夜空に続く

中央フリーウェイ
初めて会った頃は　毎日ドライブしたのに
このごろは　ちょっと冷いね　送りもせずに

町の灯が　やがてまたたきだす
二人して　流星になったみたい

中央フリーウェイ
右に見える競馬場　左はビール工場
この道は　まるで滑走路　夜空に続く

夜空に続く
夜空に続く

アルバム「14番目の月」収録（東芝ＥＭＩ　一九七六年）

荒井由実。ユーミン。昭和四七（一九七二）年、一八歳。多摩美術大学一年生。シングル「返事はいらない」でデビュー。じつはこの年、田中角栄内閣が誕生した。そして日本列島改造論をぶって、日本中に高速道路と新幹線を張り巡らす計画を敢行する。「中央フリーウェイ」、中央高速道。むろんのことこれも角栄の改造論の一環でなったものだが。それではなくここではユーミンの大ヒット曲についておよぼうというのである。いったいどう始めたらいいか。あまりにも有名でありすぎる。とりあえず歌詞をたどろう。

「調布基地を追い越し　山に……」、だから車は中央高速道（発表時点では高井戸ＩＣから調布ＩＣ間が未開通）を調布から八王子方面へ向かって走っている。いっとう最初に目に入るのは、だだっ広い在日米軍の「調布基地」（一九七四年、全面返還。現、味の素スタジアム）の鉄条網越しの宿舎や車両群ら植民地的な何だかんだ。

それで「黄昏が……」だから、夜遊びでなく都心か湾岸でのお昼間デート。でなくてショッピングだろうか。「愛してるって　言っても……」「風が強くて」、というからオープンカーだったりして。すでにしてじゅうぶんバブリーよろしいようなぐあい。

「右に見える競馬場（東京競馬場）」と、「左はビール工場（サントリー武蔵野ビール工場）」と、現在の府中、あたりの景が目に飛び込んでくる。だけど「まるで滑走路」みたいで「道」も気分もハイをよそっておれば地べたは一切目にしていない。そしてそれもなにもこれが最後の二人のドライブのようなのである。それはつぎのこの一行につくされていよう。

「このごろは　ちょっと冷いね　送りもせずに」

とはこれでサヨナラ、つまるところこの夜きりでもって「送り」もさいごおしまい、バイバイとのこと。

「中央フリーウェイ」「この道は　まるで滑走路　夜空に続く」「夜空に続く」「夜空に続く」……。

＊荒井由実（昭和二九・一九五四年～）。東京都八王子市生まれ。アルバム「ひこうき雲」「悲しいほどお天気」「昨晩お会いしましょう」

伊藤比呂美ー小田急線喜多見駅周辺

小田急線はいつも混んでいて立っていく
正午前後に乗る西武池袋線はたいてい座れる都営地下鉄も座れる。
普通乗るのはそういうのである
小田急線の下る方向には大学があるから人が多い。混んだ電車は乗りこむときの感情が嫌いである人を嫌いになりつつ乗りこむ
成城学園で乗りかえる。向かい側にいつも各停が口を開いて停まっている
人を嫌わずに入る。まばらにしか人がいないいつもいない
慣れないのでいつも急行の車輌の前いちばん前に乗ってしまう
急行の車輌のいちばん前と向かい合わせになる場所には各停の車輌

がこない。各停は短い
各停のドアまで歩くうちに急行は動き出し成城学園を過ぎて坂を滑
りおりていく坂を滑りおりてすぐ停まる
行き過ぎる車外の植物の群生を見ている
木から草になってまた木になる
草の中を野川が横切っていく
車外に植物の群生があふれる
慣れないので各停の車輌のいちばん前にいつも乗ってしまう。改札
へ出る階段はホームの中程にある。上りホームへ渡ったへんで媚び
て手を振る。

踏切を渡って徒歩10分のアパート
の部屋に入る
何週間か前に踏切で飛びこみがあった
踏切に木が敷かれてある

木に血が染みていた
線路のくぼみの中の血のかたまりと
臓器のはへんらしいものが残っていた

わたしたちは月経中に性行為した

アパートの部屋に入るとラジオをつける
わたしは相手の顔にかぶさって
顔のすみずみからにきびを搾った
剃りのこした頬のひげを抜いた
背中を向けさせた
背中にほくろ様のものがある
もりあがっているから分かる
搾ると頭の黒い脂がぬるりと出る
みみのうらも脂がたまり

搾るとぬるぬるぬるぬるぬると出た
はでけをかんで引くと抜ける
わたしはつめかみだ
つめがない
つめではけがつかめない
はでやるとかならず抜ける
男の頬がすぐ傍に来るいつもつめたい
ひげが皮膚に触れた
ひげは剃ってある
剃りあとを感じる
前後に性行為する

荒木経惟の写真たちの中に喜多見駅周辺の写真を見てあこれはわたしが性交する場所だと思って恥ずかしいと感じたのだわたしは25歳の女であるからふつうに性行為する。板橋区から世田谷区まで来る

来るとちゅうは性行為を思いださない性欲しない車外を行き過ぎる
世田谷区の草木を見ているこの季節はようりょくそが層をなしてい
る飽和状態まで水分がたかまる会えばたのしさを感じるだから媚び
て手を振るが性行為を思いだすのはアパートの部屋でラジオをつけ
た時である

性行為に当然さがつけ加わった
踏切を渡って駅に出る
もしかしてぬるぬるのままの性器にぱんつをひっぱりあげて肉片の
残る喜多見の踏切を渡ったかもしれないのである
水分はあとからあとから湧きでて
ぱんつに染みた

『青梅』（思潮社　一九八二年）

一九八〇年代、若い女性の詩の書き手が多く輩出し、ときならぬ「女性詩ブーム」にわいた。伊藤比呂美は、ひとりつねにその前線にあり目覚ましい活動をつづけてきた。

性交を書く詩人。伊藤は、そのようにレッテルを貼られ白い目でみられたりもした。そんなときによく当作が例示されたものである。そんなあまりなる誤読ないし曲解がひどすぎるきらい。さきにここに正答をまずみたい。

「伊藤比呂美が書いているものは「性」などではなく、いつも分泌あるいは分解であることがすぐにわかる。性行為の場面はおおいが、そこでの欲求は、一般性としての性行為を固有に自己の分泌、分解の過程として感じとりたいという欲望なのだ」「湿めった土の中の腐蝕物の上に繁茂するもの。分泌分解が繁茂に変わるのだ。ハビコルこと。増殖すること。空間を占めること」（瀬尾育生「異生物発生の謎」）

ここらはいささか生硬で理解しがたくあるが。このことでは男との部屋での性交の前後の途の車外の風景の入念さをみられよ。ここにまでこの詩人の視線がとどいていること。

「行き過ぎる車外の植物の群生を見ている／木から草になってまた木になる／草の中を野川が横切っていく／車外に植物の群生があふれる」「車外を行き過ぎる世田谷区の草木を見ているこの季節はようりょくそが層をなしている飽和状態まで水分がたかまる」

性行為→分泌分解→繁茂増殖……。伊藤比呂美、いうならばこの女性詩人はそこにこそ人間のみにあらず生物本然のもとをみていると。

「何週間か前に踏切で飛びこみがあった／踏切に木が敷かれてある／木に血が染みていた／線路のくぼみの中の血のかたまりと／臓器のはへんらしいものが残っていた／／わたしたちは月経中に性行為した」「もしかしてぬるぬるのままの性器にぱんつをひっぱりあげて肉片の残る喜多見の踏切を渡ったかもしれないのである」

伊藤比呂美、つまり性交は死を凌駕すると、やっぱ凄いのだ。さらにまた子殺しに臨んだ詩「カノコ殺し」の祝禱やよろしい。

「滅ぼしておめでとうございます」「滅ぼしておめでとうございます」

＊伊藤比呂美（昭和三〇・一九五五年〜）。東京板橋生まれ。詩集「草木の空」、随筆「感情線　のびた」、小説「ラニーニャ」

石垣りん――大橋というところ

其処は　たぶん只今
吉岡実さんの住む高台の
下あたりかと思われる。

昭和初年
玉川電車が渋谷道玄坂を上って
少し行くと
右手に連隊などもあった
左手　目黒川の河原に　牧場あり
幼年時代　私は連れられて折々おとずれた。

向き合った牛の鼻面かすめて　通りぬけ
郊外電車の引き込み線をまたぎ
牧場主の娘
ルリ子ちゃんリサ子ちゃんと遊んだ。

あれはさくら咲くころ
大人たち　ひとかたまりになって
まきばの向こうの野っ原　突っ切り
丘の彼方　目指した。
私は後に従った
道の遠さ。
あれが私の行く手
未来への方角であったとは。
大人たちの目的だけは覚えている

お灸をすえに行ったのです
おかげで　私の人生熱かった。

いまはご存知
環状6号線が振り分けた　住宅の密集地帯
その軒先を
野原の向こうへ行った私が
とぼとぼ歩いているはずがない。

ここは　何処だ
大橋だ。

『やさしい言葉』（童話屋　二〇〇二年）

石垣りん、最後の詩集『やさしい言葉』。「大橋というところ」は、じつにその最後におかれた一篇なのである。たしかにこの詩は「やさしい言葉」でやさしく書かれてはいる。だけどとてもそれだけの作品として片付けられるものでない。

生きた時代も大きくはなれ、育った土地も異なるからか。いくらどれだけ読んでもどういうか、ちょっとどうにも理解不能なところがある。なんともふしぎな詩というほかない。

さてまずもって「大橋というところ」とはどこなのか？　これがどうも現在の目黒区大橋の地区をいうらしい。それでそこは同業詩人の「吉岡実さんの住む高台（註：目黒区青葉台四丁目）の／下あたり」というのだが……。

ときにそこに「昭和初年／玉川電車（註：明治四〇〈一九〇七〉年、玉川通り〈国道二四六号〉を走っていた路面電車、一九六九年廃線）が渋谷道玄坂を上って」いたのだそう。

ゆくての「右手に連隊（註：騎兵第一連隊？　輜重兵第一連隊？）など」があったこと、そうして「左手　目黒川の河原に　牧場（註：当時の同地区周辺の牛乳搾乳業者について仔細不明）」もあったよし。そんな「牧場主の娘／ルリ子ちゃんリサ子ちゃんと遊んだ」のだと。微笑ましい幼いときの情景。

ここまではいいのだ。うんそうかと頷いていられる。だけどそれが「あれはさくら咲くころ」からどういう。なんだかもう首かしげつづけ。よくわからないのだ。

「私は後に従った」「大人たちの目的だけは覚えている」。そのようにあって突然、横槍こういうところだ。「お灸をすえに行ったのです」。これはいかなる意味のことであるか。

【灸を据える】「痛い目にあわせる。強く叱責する意」「広辞苑」。それは生涯の終わりにきて詩人が胸にする、そんなひょっとすると戦争に関わる秘事めいたことではなくて?

「おかげで　私の人生熱かった」。いやこのしまいの発声をよくきかれたし。まだまだなんにも片付けはできていない……。

「ここは　何処だ／大橋だ」

＊石垣りん（大正九・一九二〇〜平成一六・二〇〇四年）。東京府赤坂生まれ。詩集「私の前にある鍋とお釜と燃える火と」「表札など」「略歴」

尾崎喜八――田舎の夕暮

水際におおいしげった赤楊《はんのき》には
野葡萄の青い蔓や葉がからみ。
どくだみの白い花と
露草の浅黄の花の咲いた草むらの裾を濡らして
小川がきょうも鳴っている、
ゆるやかな、底ぢからのあるヴィオロンセロの音で。
田舎の夕暮の
美しい空、美しい雲ですね。

村の質朴な学校は

もうとっくに授業が終って、
青葉につつまれた運動場には
小さな木馬が隅のほうでおとなしく、
三本の背の高いポプラが無数の葉をそよがせている。
その涼しい校庭で、宿直の先生が
年よりの小使いさんと何か話して笑っている。
もうじき暑中休暇の来る楽しい七月の、
美しい空、美しい雲ですね。

麦打ちの済んだあとの、
金いろの麦の穂が散らばった農家の庭で、
若い百姓の女たちが筵をかたづけたり、
からだをはたいたりしている。
健康な生き生きした眼、太い腕。
黒くすすけた母屋の台所から

竈の煙が青あおと立ちのぼる。
暑い一日の熱心な労働がねぎらわれる時の、
美しい空、美しい雲ですね。

この田舎にひろがっている
神聖な平和をたたえましょう。
万物が、今更に神の栄光を感じているような、
この粛然たる、しかも伸び伸びとした
静けさと安けさとに浸かりましょう。
まるであのベートーフェンの
パストーラル・シンフォニーのアダージョのように、
二人の静かな心にふさわしい時ですね。
そして、考えてみれば
私たちの七月がまた来たのですね、
かずかずの思い出に満ちた七月が。

お互いに精励して、正しいりっぱな者になりましょう。
ごらんなさい、頭の上を、あの高いところを。
私たちの魂の欲しいとあこがれているものを残らず与えてくれるような
七月の夕暮の
美しい空、美しい雲ですね。
（水野實子に）

『空と樹木』（玄文社詩歌部　一九二二年）

ミレーの落穂拾い？　あたかもその光景を偲ばせよう、一世紀前の武蔵野の、いやこの二人の麗しさはどうだ！
尾崎喜八。高潔、孤独、克己……。いまもその詩と人となりを愛する人は少なくない。明治四五（一九一二）年、二〇歳、高村光太郎を初めて本郷駒込のアトリエに訪問。以来、喜八は

生涯にわたり九つ年上のこの大先輩に兄事する。「この人無くば私の運命はおそらくひどく変わっていたろうと思う」（「其頃」）

ことはその結婚にもおよぶ。光太郎の友人に小説家水野葉舟《ようしゅう》がいる。葉舟は、トルストイアンで東京府下の郊外、荏原《えばら》郡平塚村（現、品川区）の広大な土地で理想とする田園生活を送っていた。ある日、光太郎と葉舟を訪ねて出合う。

「夫人に先立たれた水野氏は、体の弱い独身の妹さんと男女三人の遺児と一緒に暮していた……家の中の事を主婦のように取り仕切ってやっているのは姉娘で……この知的家庭の令嬢、このいわば農家か牧場の娘、その名は實子《みつこ》といい、年は僅か十五歳だった」（「音楽への愛と感謝」）。

そのうち田園生活に憧れていた喜八は水野の畑地の前へ移りすむ。

はじめは實子に対する憐憫であった。葉舟は、文部省の教育方針を嫌い子供たちに通学させず、妹に勉強を教えさせた。だが彼女が結核で寝込むや、實子は勉強どころか看病で忙殺される。けなげに頑張る實子への思いはやがて愛情に変わっている。喜八は、實子を激励する。「美しい空、美しい雲ですね。」「お互いに精励して、正しいりっぱな者になりましょう。」

大正一一（一九二二）年、この求愛の一篇を含む処女詩集『空と樹木』を刊行。「人間としての私の存在理由は、私自身がより強くより正しく生きる事によって歌い、より明らかにより美しく歌うことによって生きるという、この単純で熱烈な要求を実行する事の他ない」（「序言」）

同集）

翌年、一八歳になった實子に結婚を申し込む。一三年、成婚。御両人はというと、当今考えられない！　なんとこの地で田畑を耕し仕合せに暮らしたと……。

＊尾崎喜八（明治二五・一八九二〜昭和四九・一九七四年）。東京市京橋区（現、中央区）生まれ。詩集「高層雲の下」「曠野の火」

【秩父山地】

宮沢賢治―書簡中の短歌

熊谷の蓮生坊がたてし碑の旅はは〳〵と泪あふれぬ。
武蔵の国熊谷宿に蠍座の淡々ひかりぬ九月の二日。
は〳〵とこれは秩父の寄居町そら曇れるに毛虫を燃す火。
は〳〵と秩父のそらのしろぐもり河を越ゆれば円石の磧。
豆色の水をわたせるこのふねのましろきそらにうかび行くかな
つく〴〵と「粋なもやうの博多帯」荒川ぎしの片岩のいろ。
山かひの町の土蔵のうす〳〵と夕もやに暮れわれら歌へり。
荒川はいゝと若やかに歌ひ行き山なみなみは立秋の霧。
霧はれぬ分れてのれる三台のガタ馬車の屋根はひかり行くかな

［大正五年九月五日　保阪嘉内宛］『校本　宮澤賢治全集　第一巻』（筑摩書房　一九七三年）

秩父。わが国の地質学学者、愛好者垂涎の地である。大正五（一九一六）年初秋、宮沢賢治、盛岡高等農林学校二年生。九月二日、教授に引率された一行二三名ともども、秩父地域の地質調査に入る。子供の時分から鉱物好きで「石コ賢さん」と呼ばれた地質学の使徒だ。さぞやこの旅行に胸躍らせたろう。

二日、上野から高崎線で熊谷へ。この夜の泊りは、翌年七月の研修に同行した、書簡の宛先の心友・保坂嘉内の日記によると、定宿の松坂屋。賢治、熊谷で詠む二首。「連生坊」は、有名な熊谷《くまがい》直実《なおざね》、平安末期から鎌倉初期の武将。旧中山道沿い八木橋百貨店前に当歌碑あり。

三日、一行は秩父線で調査のスタート地点の寄居へ。「毛虫を燃す」とは、植物の食害の予防。近くの荒川には「立が瀬断層と象ゲ鼻」がある。舟に乗り両岸を調査し、日本の地質百選に選ばれたジオスポット長瀞へ。六首目、上長瀞の左岸の「虎岩」、その地層を「粋なもやうの博多帯」と詠む。そこから石切場のある末野へ行き「絹雲母片岩　末野」なる標本を採取。当夜は国神（現、上長瀞）駅の梅乃屋に宿泊した。

四日、「三台のガタ馬車」に分乗し赤平川沿いに調査をしつつ、小鹿野へ。「ようばけ」（新第三紀の地層の大露頭、「太陽の当たる崖」という意）の巨大な崖を調査。「ようばけ」を詠んだ歌は残されていないが。「おがの化石館」の脇に、賢治の「さわやかに　半月かかる　薄明の秩父の峡のかへりみちかな」と、嘉内の「この山は　小鹿野の町も見えずして　太古の層に白百合の咲く」の歌碑あり。

五日、三峰山へ。山中、当夜、星月が輝くなか稲妻が煌めいた。ときに「こほろぎ」の音色に耳開くとはいかにも……。

星月夜なほいなづまはきらめきぬ三みねやまになけるこほろぎ。

こほろぎよいなびかりする星の夜の三峰やまにひとりなくかな。（九月六日朝）〔同日嘉内宛〕

六日、三峯神社より馬車にて秩父市へ。途中、影森の鍾乳洞に寄る。

あはあはとうかびいでたる朝の雲われらが馬車の行く手の山に。（同前）

秩父大宮より本野上（現、野上駅）へ。駅前に「盆地にも、今日は別れの、本野上《ほんのがみ》、駅にひかれる、たうきびの穂よ。」の歌碑あり。熊谷で乗り換え、上野から同日の夜行列車で盛岡に帰った。石コ賢さん。ほんとうに至極上機嫌の秩父調査行だったろう。

＊宮澤賢治（明治二九・一八九六～昭和八・一九三三年）。岩手県稗貫郡花巻川口町（現、花巻市）生まれ。詩集「春と修羅」、童話「注文の多い料理店」「銀河鉄道の夜」

金子兜太―秩父篇（抄）

曼珠沙華どれも腹出し秩父の子（『少年』）

　これは郷里秩父の子どもたちに対する親しみから思わず、それこそ湧くように出来た句。これも休暇をとって秩父に帰ったとき、腹を丸出しにした子どもたちが曼珠沙華のいっぱいに咲く畑径を走ってゆくのに出会った、そのときのもので、小さいころの自分の姿を思い出したのか、と言ってくれる人がいるが、そこまでは言っていない。しかし子どものころの自分ととっさに重なったことは間違いなく、ああ秩父だなあ、と思ったことに間違いない。

霧の村石を投《ほ》うらば父母散らん（『蜿蜿』）

「霧の村」は、私の育った秩父盆地（埼玉県西部）の皆野町。山国秩父は霧がふかい。

高度成長期と言われている昭和三、四〇年代のある日、私が訪れたときの皆野も霧のなかだった。ポーンと石を投げたら、村も老父母も飛び散ってしまうんだろうなあ、と、ふと思う。経済の高度成長によって、都市は膨らみ、地方（農山村）は崩壊していった時期だ。山村の共同体など一とたまりもない。老いた両親はそれに流されるままだ、と。

山峡に沢蟹の華微かなり（『早春展墓』）

郷里の山国秩父に、明治一七（一八八四）年初冬、「秩父事件」と呼ばれる山村農民の蜂起があり、鎮台兵一コ中隊、憲兵三コ小隊が投入されるほどの大事件だった。その中心は西谷《にしやつ》と呼ばれる山国西側の山間部。そこの椋神社に集まった約三千の「借金農民」にはじまる。私には郷里の大事件として十分な関心があり、文章も書き、ときどき訪れることもあったのだが、その山峡はじつに静かだった。その沢で出会う紅い沢蟹も。しかしその静けさが、かえってそのときの人々の興奮と熱気を、私に伝えて止まなかったのである。

おおかみを龍神《りゅうかみ》と呼ぶ山の民（『東国抄』）

郷里の秩父（「産土《うぶすな》」）を代表する山として日頃敬愛している両神山《りょうがみやま》には、狼がたくさんいたと伝えられているが、土地の人たちが狼を龍神と呼ぶと聞いて、両神山の名もそこから決まってきたのではないか、と私は思ってきた。いま住んでいる熊谷からも晴れた日には台状の両神山が見える。いまでもその台状の頂に狼がいる、と思えてならない。

狼生く無時間を生きて咆哮（『東国抄』）

狼は、私のなかでは時間を超越して存在している。日本列島、そして「産土」秩父の土の上に生きている。「いのち」そのものとして。時に咆哮し、時に眠り、「いささかも妥協を知らず（中略）あの尾根近く狂い走ったろう。」（秩父の詩人・金子直一の詩「狼」より）

『日本行脚　俳句旅』［俳句・金子兜太　解説・正津勉］
（アーツアンドクラフツ　二〇一四年）

秩父は、兜太の郷里だ。秩父の句は数多い。兜太、御覧のようにここに掲出した句に簡にしてズバッと要を得た自解をほどこしておいでだ。それにくわえて付言するほどのなにもない。いや、しかしただ一つだけど、ある。

両神山。秩父山地の北端に聳える霊峰。兜太の産土の山だ。ついては両神を山行してみる。両神を歩くことはそう、兜太を辿ることだから。日向大谷は登り口の両神山荘。宿の玄関に貼られた「狼の護符」？　歩き出すと石の鳥居と小さな祠があり、両神山を開いたという観蔵行者の石像を安置する。

近くに「矜迦羅童子」と刻まれた丁目石の一番が立つ。ここから一丁（約一一〇メートル）ごと清滝まで三六童子の名が刻まれた丁目石に沿う。巨大な岩の間に石像が立つ八海山へ。急坂を登り弘法の井戸へ。

両神山は補陀落初日沈むところ

「句集の題「両神」は、秩父の山・両神山からいただいた。秩父盆地の町・皆野で育ったわたしは、西の空に、この台状の高山を毎日仰いでいた。……。あの山は補陀落に違いない、秩父札所三十四ヶ寺、板東三十三ヶ寺の観音さまのお住まいの山に違いない、といつの間にかおもい定めている」（『両神』後記）

補陀落、観世音菩薩が住む山。だいたい山名から由緒ありげだ。イザナギ、イザナミの二神を祀ることから呼ぶという、「龍神を祀る山」が転じた、などなど諸説あるとか……。両神神社の本社、裏手の御嶽神社の奥社。両社に鎮座まします、狛犬もどき、独特の風体をした、これが山犬。ということは狼、何でそんなまた？　これに関わって謎めいた句がある。

語り継ぐ白狼のことわれら老いて（『両神』）

「白狼」？　おそらく秩父三山の両神山、武甲山、三峰山ほか、広く奥秩父や奥多摩の山々に伝わる、日本武尊東夷征伐の際に、山犬が道案内したという伝説にちなむ。だがまたべつの記憶にも関わることをその底に含意しているとみられる。秩父事件である。明治一七（一八八四）年、この大規模な農民蜂起の舞台は、ここ秩父の里山からじつに信州は八ヶ岳山麓までを含む、広大な山岳地帯である。このとき立ち上がった困民党を導いたのが、ほかならぬ「白狼」と擬され語り継がれている。そのように解せるのでは。「白狼」？　それはそして兜太自身でこそないか。

＊金子兜太（大正八・一九一九〜平成三〇・二〇一八年）。埼玉県小川町生まれ。句集「少年」「東国抄」、俳書「定住漂泊」「荒凡夫一茶」

秋谷豊｜三峰部落

部落の東をつつんでいるのが三峰山
西をまいているのが大洞谷だ
その谷間は深くて日がささない
暗い真昼を通り　ひとり登って行くと
山の上の小さな集落に
ハギの白い花が咲いていていた
ヤマハギ
ヒガンハギ
マルバハギ
わらぶきの屋根の家の軒には

神札がはってあり
その紙の中で
オオカミが座ってじっとぼくを見ている
それは深い山に住み
だがもうとうにいなくなった
山岳信仰の幻影だったが
もしかするとぼくが詩を書いているのも
時代の幻影を通して
一ぴきのけものを見ることかも知れないなどと
思いながら
一日の終り
だれもいないその谷蔭の道を
ぼくはだまってまっすぐにおりた

雲取、白岩、妙法岳の三峰にちなむ名で、埼玉県秩父郡大滝村（旧三峰村）。かつては三峰神社領に属していた。山の斜面にひっそりとかたまる部落の家は、屋根に千木をのせている。

『秋谷豊の武蔵野』（土曜美術社出版販売　二〇一七年）

秋谷豊。中山道の宿場町、鴻巣宿は鴻巣産。一〇歳、両親を相次いで失い、類縁の家に引き取られる。それだけに荒川、元荒川が流れ、山稜を控える、故郷を恋したろう。昭和二五（一九五〇）年、ネオ・ロマンチシズムを唱えて詩誌「地球」を創刊。また登山家としても海外の諸峰をめぐり著書多数あり。

三峰山、ここはこの人の産土の山といえよう。ついては付記に〈雲取、白岩、妙法岳の三峰にちなむ名〉と註書きするが。ふつうはみなさん、三峯神社の奥宮がある妙法ヶ岳（一一〇二メートル）、そこのことをいう。

登路の一つ、「大洞谷」の斜面の「山の上の小さな集落」三峰村（現、大滝村）。ここはただいま現在、五〇戸弱あるそうだが、そのうちほどなく消滅の危機にあるとおぼしい。そこへやってくる誰かを迎えてくれる「ハギの白い花」がなんとも侘しく哀しいかぎりでは。

そうして仰ぐ「わらぶきの屋根の家の軒に」はられた「神札」に何なのかと？　なんとそこに「オオカミが座ってじっとぼくを見ている」ではないのか。

これまたふつうに神社では「狛犬」がおいでになるが。それがなんともなんと三峯神社の「お犬様（御眷属様）」はニホンオオカミだそう。このことは古くから広く秩父や奥武蔵の山々に語り継がれる、日本武尊東夷征伐時、オオカミつまり山犬が道案内したという伝承にちなもう。

そうしてそこで、唐突も突然、おっしゃるのだ。詩を書くということを、思い返せばそれはそう。なんとも「山岳信仰の幻影」ならぬ「時代の幻影を通して／一ぴきのけものを見ることかも知れない」のではと？

ここにきてふと想起されるのは、秋谷の「秩父困民党」なる一篇で、つぎのような願望をのべている（参照：金子兜太「秩父篇」）。

「ぼくは困民党始末記を書きたいと思った」「明治十七年十一月一日／秩父困民党数千の蜂起は旬日で挫折した」「あの谷間を通ってくる／激しい山鳴りの時を」

＊秋谷豊（大正一一・一九二二〜平成二〇・二〇〇八年）。埼玉県鴻巣町（現、鴻巣市）生まれ。詩集「砂漠のミイラ」「時代の明け方」

蔵原伸二郎—系図

入間《いるま》郡は田辺の里。
その村の丘にかや葺《ぶき》の大きな家がある。
丹治比《たじひ》古王《このおおきみ》の子孫の家だという。
冬日の光る苺畑《いちごばたけ》を横ぎり、
鶏小屋の前を通って案内を乞うた。
「どうれ」というしわがれ声が
ひっそり閑とした暗い奥からきこえた。
出てきたのは七十歳ぐらいの老人、むっとした顔で私をにらんだ。
「お宅の系図を拝見したいのであります」と、いうと
老人は意外にも「うん」といって系図を出してきて縁側においた。

系図は巻物ではなく、ばらばらの紙だ。
それがいきなり風に舞いあがった。
あわてて私がおさえていると、
老人はぽつんといった。
「こんなもん、やくてえもねえだ」
たしかに系図は近世の写しであった。
が、ともかく
祖先は丹治比古王の一族であろう。
「承和甲寅元年、従四位下実近（王孫）武蔵守として田辺が城に住す。」
またその十九年後には
「仁寿三年二月二十三日、在原業平《ありわらのなりひら》ここに来る。」とある。
日付があんまりはっきり書いてあるので、私の頭が少しおかしくなった。
私は青毛の馬にのった業平朝臣《あそん》といっしょに、老人に別れをつげて去った。
二十九歳の業平が私の前を行く。

畦道《あぜみち》がせまいので、どうしても私は馬の尻にくっつくことになる。
おおよそ半町ほど馬のあとについて歩いた。
業平は一度もふりむかなかった。
竹藪《たけやぶ》の前で馬は左に曲った。
私は馬の尻に最敬礼をして別れた。
しばらく行ってふりむくと、
高麗郷へ行く坂道の頂上で
西陽をうけた馬上の業平の姿が
一瞬くっきり浮かんですぐ消えた。

『蔵原伸二郎選集』（大和書房　一九六八年）

いったい武蔵野はというと、京からはるか遠くはなれる、というその地理上のするところ、どうかすると多く史実を詳らかにしない。

「丹治比古王」は、宣化天皇（記紀に記された六世紀前半の天皇。継体天皇の第二子）の三世孫。その子孫は、いうところの武蔵七党（戦国時代、武蔵国を中心として下野、上野、相模など近隣諸国にまで割拠した同族的武士団）との関わりが深いとされる。

埼玉県入間郡田辺（現、入間市）。「私」は、そこの丹治比古王の、「子孫」の裔だという旧家に「系図」を閲覧したいと老翁を訪ねる。どうしてか由緒ある地にはどこにでも、やんごとなき血統につながろう、それらしき爺さんがおられる。

詩人の歴史好きは、病膏肓で有名ときく。「こんなもん、やくてえもねえだ」というそれが「系図は巻物ではなく、ばらばらの紙だ」とおいでとは！　でそこに王孫が武蔵守として「田辺が城に住す」とあって。

はてさて唐突にも「またその十九年後」「仁寿三（八五三）年二月二十三日、在原業平（八二五〜八八〇）がここに来るとある」との記述まであり？　それはたしかに業平の東下りの伝承はあるのだが……。

いやはやほんとなんたる真実仰天超現実的、偏執狂的仔細詳述なるありようではないか！　これにはびっくりもう脳天をクラクラ、させられた「私」はというと、ヘンテコな仕儀になってしまったのったら。なんともなんと馬に乗った「業平朝臣」を幻に視つつ、翁の宅を辞し、その「馬の尻」にくっついて歩いて行くというのである。

「業平は一度もふりむかなかった」。そうして「しばらく行ってふりむくと」それきり。いったいぜんたいどういうことか「西陽をうけた馬上の業平の姿が／一瞬くっきり浮かんですぐ消えた」とあってさらばおしまいなりと。

おそらくこの終幕はつぎの伝承からえていよう。顔振峠《かあぶりとうげ》、奥武蔵の東部、埼玉県飯能市と越生町にある峠。標高五〇〇メートル。平安時代、源義経が京落ちで奥州へ逃れる際、あまりの絶景に何度も振り返ったことが名前の由来になった。

＊蔵原伸二郎（明治三二・一八九九〜昭和四〇・一九六五年）。熊本県阿蘇郡黒川村（現、阿蘇市）生まれ。詩集「乾いた道」「岩魚」、評論集「東洋の詩魂」

野田宇太郎―家系図

「ぼろぼろの千二百余年も前からの
この家系図の階段をのぼりつめると
はるか朝鮮奥地の茫々《ぼうぼう》とした原野が見え
大陸から押し寄せる唐の大軍
東の海辺にひしめく新羅《しらぎ》
ついに七百年の栄華を砕《くだ》かれた
高句麗《こうくり》の、うらぶれた敗亡の民に混って
とある日の相模《さがみ》の海に漂い着いた
わたくしの祖先若光《じゃっこう》の憂いの顔が
今もなおこのまなかいに浮び出します。

この錆《さ》びたひと振りの高麗太刀《こまたち》
この虫づいた大般若経《だいはんにゃきょう》の古い写本
そして伝来だという仏像や舞楽《ぶがく》の獅子面が
亡命という鈍いかなしい音《おん》となって
はてしない海原《うなばら》にのこした水脈《みお》のように
わたくしの心の中に、今も時折鳴り響きます。
それでも人気ないこの武蔵野の入間《いりま》の里に
同じ思いの人々が群れ集った時
ただひとすじの名もない碧《あお》い川だけは
天日に希望のように光っていたのでありましょう
夢うつつ武蔵野ぐらしに慰められて
やがて亡国の恨みなど忘れたのでもありましょう。
ぼろぼろの千二百余年も昔からの
この家系図の階段を降りてしまうと
わたしは何時《いつ》もこの高麗郷《こまむら》の

貧しい社《やしろ》の前に一人立っているのです。
虚しいが、しかし根強い
あの高麗川のかがやきのようなものが、わたくしには……」
と、青年は口をつぐみ
ひろげた家系図を巻きはじめる。
古代のような沈々とした月明の夜ふけ
この部屋だけが灯《あかり》を点《とも》して息吐いていて
山上には累々《るいるい》とした祖先の墓が眠っている。

『野田宇太郎全詩集　夜の蜩』（審美社　一九六六年）

武蔵野。ひろくその地理は起伏に富んでひろがる。そしてそこに多くの人々が移り住んで長い歳月をかさねてきた。よってその歴史の集積も深いものがある。

西武秩父線高麗駅。広場に降り立つと、朝鮮由来の天下大将軍と地下女将軍の異風独得な、標柱が眼を引く。高麗は、天智七（六六八）年、唐や新羅と戦いで「七百年の栄華を砕かれ」滅んだ、高句麗から逃れ来て住んだ高麗人の郷、旧高麗郡高麗村に由来する。

霊亀二（七一六）年、高麗王若光に率いられた「とある日の相模の海に漂い着いた」駿河以東七ヵ国の高麗人一七七九人が、この地をめざし集団移住したのに始まる。現在、埼玉県日高市となったが、明治二九（一八九六）年までは郡名が残り、若光以来、高麗家が、代々高麗神社の神主を務めてきた。

「家系図」。この作品はというと、じかに、その直系末裔の「青年」（これが高麗家五九代目の高麗澄雄氏だとか！）が登場、きょうにいたる高麗の「千二百余年」の歴史を一人語りするという構成で進められる。「家系図の階段を」、その頂から一段ごとそして、また一段と降りるように。「ひと振りの高麗太刀」「大般若経の古い写本」「仏像や舞楽の獅子面」「亡命という鈍いかなしい音」……。

いやほんとじつに重々しくないか。「ただひとすじの名もない碧い川だけは」「あの高麗川のかがやきのようなものが、わたくしには……」。とはまたなんとも悲痛のきわみでは。

高麗川。荒川水系の一級河川。現在の日高市の西部から北東にかけて貫流する。高麗川の蛇行により長い年月のうちに造られた、形がきんちゃくの似ていることから、巾着田《きんちゃくだ》と呼ばれ曼珠沙華の群生地で知られる。

曼珠沙華、なんとなしこの深紅の華が高麗を偲ばせるふうでは。高句麗人を受け入れ「天日に希望のように光っていた」高麗川。「山上には累々とした祖先の墓が眠っている」。なお、高麗神社の一隅に本作「家系図」詩碑あり。

＊野田宇太郎（明治四二・一九〇九～昭和五九・一九八四年）。福岡県三井郡立石村（現、小郡市）生まれ。「野田宇太郎文学散歩」二四巻・別巻四、「定本野田宇太郎全詩集」

蔵原伸二郎─訪問

晩春のひと日
高麗村の奥に張赫宙をたずねた
三つのこわれた橋をわたり
三つの渓川をこえた

「ここは朝鮮の故郷に
そっくりだよ」といった
かれの言葉を思い出しながら
桜の花のちってくる中を歩いていた
明るい太陽は寂然とひかっていた

――張大人　いますか！

返事がない
ふと垣根の間からのぞくと
えん側の日だまりに
張大人そっくりの小児が
ぽつねんとおちんこをだして
天をみていた

『蔵原伸二郎選集』（大和書房　一九六八年）

「高麗村」（現、埼玉県日高市）は、奥武蔵の山懐、日和田山（三〇五メートル）を背負い、蛇行する高麗川沿いの平地。そこにあった特異なる成り立ちの集落のことをいう。前項の集団移住し住んだ高麗人の郷だ（参照：野田宇太郎「家系図」）。

「晩春のひと日」。詩人は、「高麗村の奥」は高麗神社の近くの集落に住む知友「張赫宙」をたずねる。現在も高麗神社へは高麗駅から一時間弱。おそらく往時は遠足の距離だったろう。詩人は、このとき入間郡飯能町河原町（現、飯能市）に住んでいた。

まあこの人のことだ。きっと歩いてえっちらおっちら、「三つのこわれた橋をわたり／三つの渓川をこえた」、そこへ向かったのではないか。

「――張大人　いますか！」。しかし生憎、留守のよう。

張赫宙《ちょうかくちゅう》（チャン・ヒョクチュ／明治三八・一九〇五～平成九・一九九七年）。朝鮮（現、韓国）大邱生まれ。かつては魯迅と並ぶ「世界的」作家と称されながらも、戦後は隠蔽され忘却された。日本植民地期に、いま一人の作家・金史良（キム・サリャン　一九一四～一九五〇年／朝鮮戦争で北朝鮮の朝鮮人民軍に従軍中に死亡）とともに、活躍した朝鮮人日本語作家だ。

日本文壇デビュー作は「餓鬼道」。爾来、植民地統治下における朝鮮農民の貧困と惨状を告発する作品を数多く発表する。昭和二七（一九五二）年、日本に帰化、野口赫宙と改名。小説「武蔵陣屋」で、高句麗一族の運命を描いた（参照：『張赫宙日本語文学選集　仁王洞時代』作品社）。

しかしなぜこの日に「張大人」を訪ねたものだろう。そこには蔵原が戦時中に発表した極端な戦争詩の存在があろう。ついては書いておく。このことの関わりから戦後になり「朝鮮人のいる道」などの内省をひめる詩をものしたと。

それはさてとして。良い日だ！　「明るい太陽は寂然とひかっていた」。「ここは朝鮮の故郷に／そっくりだよ」の「言葉」。「張大人そっくりの小児」の「おちんこ」。良い村だ！　どこがどうとなく。

【関東山地】

正岡子規―高尾紀行（抄）

旅は二日道連は二人旅行道具は足二本ときめて十二月七日朝例の翁を本郷に訪ふて小春のうかれありきを促せば風邪の鼻すゝりながら俳道修行に出でん事本望なりとて共に新宿さしてぞ急ぎける。

きぬ〴〵に馬叱りたる寒さかな　鳴雪

暫くは汽車に膝栗毛を休め小春日のさしこむ窓に顔さしつけて富士の姿を眺めつゝ

荻窪や野は枯れはてゝ牛の声　鳴雪

堀割の土崩れけり枯薄　同

雪の脚宝永山へかゝりけり

汽車道の一筋長し冬木立

麦蒔やたばねあげたる桑の枝

八王子に下りて二足三足歩めば大道に群衆を集めて声朗かに呼び立つる独楽まはしは昔の仙人の面影ゆかしく負ふた子を枯草の上におろして無慈悲に叱りたるわんぱくものは未来の豊太閤にもやあるらん。田舎といへば物事何となくさびて風流の材料も多かるに

店先に熊つるしたる寒さかな　鳴雪

干蕪にならんでつりし草鞋かな　同

冬川や蛇籠の上の枯尾花　同

木枯や夜着きて町を通る人

兀げそめて稍寒げなり冬紅葉

冬川の涸れて蛇籠の寒さかな

茶店に憩ふ。婆様の顔古茶碗の渋茶店前の枯尾花共に老いたり。榾《ほだ》焚きそへてさし出す火桶も亦恐らくは百年以上のものならん。

穂薄に撫でへらされし火桶かな

高尾山を攀《よ》ぢ行けば都人に珍らしき山路の物凄き景色身にしみて

面白く下闇にきらつく紅葉萎みて散りかゝりたるが中にまだ半ば青きもたのもし。

木の間より見下す八王子の人家甍《いらか》を並べて鱗《うろこ》の如し。

目の下の小春日和や八王子　　鳴雪

飯縄権現に詣づ。

ぬかづいて飯縄の宮の寒さかな　　鳴雪

屋の棟に鳩ならび居る小春かな

御格子に切髪かくる寒さかな

木の葉やく寺の後ろや普請小屋

山の頂に上ればうしろは甲州の峻嶺峨々《がが》として聳え前は八百里の平原眼の力の届かぬ迄広がりたり。

凩をぬけ出て山の小春かな

新聞「日本」掲載（明治二五〈一八九二〉年一二月）

（『子規全集　第十三巻』講談社　一九七六年）

明治二二（一八八九）年八月、甲武鉄道（現、JR中央線）新宿―八王子間開通！　所要時間、一時間一四分。料金、下等（三等）三〇銭（当時の大工の手間賃が一日二〇銭、であれば割高感かなりか?.）。

二五年「十二月七日朝」。子規、高尾へ。同行は、歳の差が二〇歳を超える親子ほど違う俳句の弟子、「例の翁」こと内藤鳴雪。ときに子規二五歳、鳴雪四五歳。この模様は、新聞「日本」に「馬糞紀行」と題して発表され、単行本に収録する際に「高尾紀行」と改題。

新宿や馬糞の上に朝の霜　鳴雪

いまだ帝都も馬車が主体だった。新宿から憧れの汽車。しかるに「汽車道の」「麦蒔や」のこの車窓の枯野の物寂しげさ。八王子駅下車。そこでの大道芸人の大時代振りったら。それから「冬紅葉」「冬川」を横目に、杖を引きずって小仏川を渡り山麓まで八町（現、ケーブルカー清滝駅）周辺の小集落へ。

そこから旧くからの道（現、六号路。琵琶滝コース）を行くことに。かつてこの登り口に千年樫の名を戴く巨樹が生い茂るあたりに、佐藤旅館なる宿があり、二軒茶屋と呼ばれていた。そこの「茶店に憩ふ」ことしばし。えいっえいっと登り道をひとしきり、真言宗智山派の関東三大本山の一つ、「飯縄権現」へ。高尾山薬王院が祀る。薬王院は、飯縄信仰の霊山であり修験道の道場。それで「普請小屋」とあるが、これは一九年、山崩れにより本堂が崩壊した、その普請模様だろう。いよいよ頂に立つことに。

「恘をぬけ出て……」どんなものだろう。いまとなっては。このような景はこの山のどこにも、のぞみえない。いたしかたない。などとはだが。

このあと「山を下りて夜道八王子に着く」とつづく。二日掛かりの高尾山？　現在でいえば八ヶ岳あたりの感覚であるか。いやほんとうに遠かったのである。だけどひるがえって考えてみて、コンビニエンス、なるのは良いことばかりでない。どころか、どれほど子規さんらの「膝栗毛」のほうが心豊かなもの、だったか。

＊正岡子規（慶応三・一八六七〜明治三五・一九〇二年）。伊予国温泉郡藤原新町（現、愛媛県松山市花園町）生まれ。子規三部作「墨汁一滴」「病牀六尺」「仰臥漫録」

北村透谷――三日幻境（抄）

（上）

……（略）……

この夜の紙帳《しちやう》は広くして、我と老侠客と枕を並べて臥せり、屋外の流水、夜の沈むに従ひて音高く、わが遊魂を巻きて、なほ深きいづれかの幻境に流し行きて、われをして睡魔の奴《ど》とならしめず。翁も亦《ま》たねがへりの数に夢幾度《いくたび》かとぎれけむ、むく〳〵と起きて我を呼び、これより談話俳道の事、戯曲の事に闌《たけなは》にして、いつ眠《ね》るべしとも知られず。われは眠《ねむ》りの成らぬを水の罪《とが》に帰して、

　七年を夢に入れとや水の音

と吟《よ》みけるに、翁はこれを何とか読み変へて見たり。翁未だ壮年の

勇気を喪《うしな》はざれど、生年限りあれば、かねて存命に石碑を建つるの志あり、我が来るを待ちて文を属《しょく》せしめんとの意を陳《のべ》ければ、我は快よく之を諾しぬ、又た彼の多年苦心して集めし義太夫本、我を得て沈滅の憂ひなきを喜び、其没後には悉皆《しっかい》我に贈らんと言ひければ、我は其好意に感泣しぬ。翁の秀逸一二を挙ぐれば、

夢いくつさまして来しぞほとゝぎす

こゝに寝む花の吹雪に埋《うづ》むまで

なほ名吟の数多くあり、我他日、翁の為に輯《しふ》集《く》の労を取らんことを期す。この夜、翁の請に応じて即吟、白扇に題したる我句は、

越えて来て又一峰《ひとみね》や月のあと

暁天の白むまで眠り得ず、翌朝日闌《た》けて起き出でたるは、いつの間にか明方の熟睡に入りたりしと覚ゆ。…（略）…

（下）

…（略）…

明くれば早暁羈亭《きてい》を出で、馬車に投じて高雄山に向ふ、この時のわが口占《くちずさみ》は、

すゞ風や高雄まうでの朝まだち

これより登り三十八丁、といふも霊山の路は遠からず。…（略）…。

…（略）…。琵琶滝より流れ落つる水のほとりの茶亭にて馬車に別れ、頂上にのぼり尽きたるは真午《まひる》の頃かとぞ覚えし、憩所《やすみどころ》の涼台《すゞみだい》を借り得て、老崎人と共に縦《ほしい》まゝに睡魔を飽かせ、山鶯《うぐひす》の声に驚かさるゝまでは天狗と羽《は》を弁べて、象外《しやうぐわい》に遊ぶの夢に余念なかりき。

この山に鶯の春いつまでぞ

とはわがねぼけながらの句なり。老崎人も亦たむかしの豪遊の夢をやゝ繰り返しけむ、くさめ一つして起き上《あがり》たれば、冷水《ひやみづ》に喉《のんど》を湿《う》るほし、眺めあかぬ玄境にいとま乞して山を降れり。

琵琶滝を過ぎ、かねて聞く狂人の様《さま》を一見し、かつは己れも平生の風狂を療治せばやの願ありければ、折れて其処《そのところ》に下《くだ》るに、聞きしに違はず男女の狂人の態《さま》、見るもなかく\に凄《すご》くあはれなり。

……（略）……。琵琶滝はさすがに霊瀑なり、神々しきこと比類多からず、高巌《かうがん》三面を囲んで昼なほ暗らく、深々《しんく》として鬼洞に入るの思ひあり、いかなる神人ぞ、この上に盤桓《ばんくわん》してこの琵琶の音《ね》をなすや、こゝに来てこの瀑にうたれて世に立ち帰る人の多きも、理《ことわり》とこそ覚ゆるなれ、われは迷信とのみ言ひて笑ふこと能はず。

こゝを立ち去りてなほ降《くだ》るに、ひぐらしの声涼しく聞えたれば、

日ぐらしの声の底から岩清水

この夜は山麓の羈亭に一泊し、あくる朝連立《つれだつ》て蒼海を其居村に訪ひ、三個《みたり》再び百草園《もぐさゑん》に遊びたることあれど、記行文書きて己れの遊興を得意顔に書き立つること平生好まぬところなれば、こゝにて筆を擱《かく》しぬ。

（明治二十五年八月）

「女學雑誌　三二五號、三二七號」（一八九二年八月一三日、九月一〇日）

『現代日本文學大系6　北村透谷・山路愛山集』（筑摩書房　一九六九年）

明治一六（一八八三）年、一五歳。透谷、自由民権運動に傾倒し、民権運動の盛んな三多摩を「希望《ホープ》の故郷」と呼んだ。なかでも八王子上川口村森下（現、八王子市川口町、上川町）を「幻境」と称し、集落に住む五〇代の「老侠客」「翁」こと秋山国三郎（号、龍子）を慈父のごとく慕い足しげく通った。そこには盟友・大矢正夫（号、蒼海）が出入りしていた。

折しも自由民権運動に翳りがさし、激しい困民党騒動が湧きおこる。大矢は、熱烈な自由民権論者で、大阪事件（一八八五年一一月、大阪で惹起した自由民権運動の激化事件の一つ、自由党左派の企てた朝鮮内政改革運動）に関与、透谷を強盗計画に誘う。透谷は、参加を断り剃髪して、盟友と袂を分かつ。

「三日幻境」は、それから七年後、「幻境」川口村に国三郎と大矢（たまたま連絡とれなく一緒できない）を訪ねた際の交歓記である。この翁、「沈静なる硬漢、風流なる田人」「俳道に明らかになれば、おのずとこの三日が吟行記の趣を呈するところ、ここにほんの少し抜粋をこころみた。

当夜、「この過去の七年、我が為には一種の牢獄にてありしなり」「自殺を企てし事も幾回なりしか」、との思いに眠れず、「この老知己に対する懺悔となり、刻《とき》のうつるも知らで語りき」、とその胸のうちを吐くこと、「水の罪《とが》に帰して」と詞書きして「七年を夢に……」の吟。

翌朝、「高雄まうで」の長閑な「口占《くちずさみ》」。登り（子規同様、琵琶滝路）を行く。頂上、そこでの「この山に」の「ねぼけながらの句」もよろし。下りは琵琶滝を降りる。この滝は「其水清冷にして能く神経病を癒するの効あり」（高頭式『日本山嶽志』）と伝わる。

「われを見ていづれより来ませしぞと問ひかけたる少年こそは、狂ひて未だ日浅き田里《でんり》の秀才と覚えたり、世間真面目の人、真面目の言を吐かず、却《かへ》つてこの狂秀才の言語、尤も真意を吐露すらし」（下）。透谷、足を止め、一瞬、この「少年」に自身を幻視した?

なお、上川町東部会館（八王子市上川町）に石碑立つ。「幻境　秋山國三郎　北村透谷 親交の地」と刻字さる。

＊北村透谷（明治元・一八六八〜二七・一八九四年）。相模国小田原（現、神奈川県小田原市）生まれ。詩集「楚囚之詩」、劇詩「蓬莱曲」、評論「厭世詩家と女性」

中西悟堂——上長房部落

毎年春がくれば通る道だが
浅川の上長房《かみながぶさ》はいい部落だね。

この村に多い巴丹杏の、青白い花の奥から
おととしは山欅をつくる轆轤《ろくろ》の音が聞えたが
去年は小学校のオルガンの音、
今年はのどかな筬《をさ》のひびきだ。

おととしは道ばたの農家の軒に
大きい胡蜂《すずめばち》の巣を見かけたが

今年は壁に立てかけた手柴の束に
巣草《すぐさ》を運ぶ黄鶺鴒《きせきれい》の番《つが》ひをみつけた。

あの『たばこ』の赤看板もなつかしいね、
小仏《こぼとけ》の関址もお馴染だね、
道が小仏部落へ曲るあたりの
河鹿の声も相変らず聞き過《す》ごせないね。

春がくればこの道を通って
僕は景信陣場《かげのぶぢんば》へと必ずゆくね。

鶯の多い宝珠院の裏手あたりで
冬眠からさめたての綺麗な蜥蜴《とかげ》に出あひたくて、
景信山腹の疎林を登る道々
大規模な雪の丹沢《たんざは》にびっくりしたくて。

景信を少し下った草尾根で
白頭翁《をきなぐさ》の暗紅の花に出あひたくて、
陣場の谷のつづら折で
カタクリの花にびっくりしたくて。

それよりもあののび〱とした尾根道で
大岳《おほたけ》のドームや遠い大菩薩を望みたくて、
堂所《だうところ》あたりの笹の中で
優しい陣場の金茶を眺めたくて。

あゝ春がくればきっと通る上長房は
もう僕とは懇意な間柄だね。

『山岳詩集』（朋文堂　一九三四年）

中西悟堂。鳥を愛でて、生涯、鳥に捧げた、鳥の詩人。大正一五（一九二六）年、三〇歳。府下北多摩郡千歳村（現、世田谷区烏山付近）の野中の一軒家で米食火食を断ち、木食菜食の生活に入る。ソローの『森の生活』を耽読し、ホイットマンの翻訳に励む。

昭和四（一九二九）年、杉並区井荻町（善福寺風致地区）に居住。スズメ、カラスにはじまり「カケス、ヨシゴイ、アカモズ、オナガ、アカゲラ、モズ、サギ類、オオコノハズク、タカ類、セキレイ、ムクドリ、ホオジロ、コゲラ、アカショウビン、トラツグミ、……」など諸鳥を自由に馴らし放し飼いする。九年、三八歳。「日本野鳥の会」を創立、機関誌「野鳥」を創刊。

鳥を探し、山へ登る。近場の甲斐、武州、多摩の峰々はむろん、日本アルプス、八ヶ岳、美ヶ原、霧ヶ峰、奥日光などなど、悟堂、生涯、踏んだ山、八七九座。

「上長房部落」（現、八王子市裏高尾町）。八王子市西南部に位置し、南浅川の北側に広がる丘陵地帯にあった小村。だがいまや大規模な都営長房団地があり、なんと一時期は居住人口が約二万人におよんだと。

この詩が書かれたのは一世紀ほどまえの昭和の初め。悟堂は、「毎年春がくれば通る道だが」として、その道すがら「おととし」「去年」「今年」と耳目にしたいちいち大切に列挙してゆく。

「轆轤の音」「オルガンの音」（おそらくこの小学校は八王子市立浅川小学校の上長房分校ではないか？）。「筬のひびき」……、「胡蜂の巣」「手柴の束」「黄鶺鴒の番ひ」、それに『たばこ』の赤看板」……。

「この道を通って／僕は景信陣場へと必ずゆくね」「あゝ春がくればきっと通る上長房は／もう僕とは懇意な間柄だね」

鳥聖・悟堂。この人の周りに鳥は囀り、虫は舞い、花は咲いて苑を成す。そのように山は心を開いたのだ。

＊中西悟堂（明治二八・一八九五〜昭和五九・一九八四年）。金沢市生まれ。詩集「武蔵野」、エッセイ「愛鳥自伝」、「定本・野鳥記」（全一六巻）

田中冬二　小河内の湯

山間の冷え冷えとした秋の夜は
みごとな星図の展開だ
せまい大根畑も竹藪も清水の中も
どこも青い星ばかりだ
くろい大きなしづかな家
障子に釣洋灯のかげが
鍋のやうなかたちにうつつてゐる
葉の落ちた柿の木の枝に
にはとりがねてゐる
丁度その上あたり　星が葡萄のやうにかたまつてゐる

ぬるい温泉は湯ざめしさうだ
落葉の音がしきりだ
ああ　あのにはとりは寒むからうに
赤ん坊が泣いてゐる――
さうすると　暗い谷のむかう林でも
また　赤ん坊が泣いてゐる

『田中冬二全集』第一巻（筑摩書房　一九八四年）

奥多摩湖、いまその美しい湖底には一つの集落が沈んでいる。そこにはつぎのような胸塞ぐ物語があったのである。

石川達三『日蔭の村』（「新潮」一九三七年九月　新潮文庫）。当時、社会問題となった大東京の水源候補地の小河内村が貯水池として水底に没するまでを描いた小説である。それによるとじつにその計画は当初からずさんで官僚は横柄きわまりなく村民が疲弊するさまがよくわかる。

「山林は濫伐され、畑は野草の茂みと化し」、窮乏その極に達し、それに付け込んだ悪徳金貸しのため「全村みな借金地獄となり」。というような曲折のはて、計画発表以来六年目の昭和一二（一九三七）年一月、ようやく起工となっている。起工式の直後、村を訪れた石川は、事件の経過を聴き、小説に書くことを決意。作品には村民たちの六年間におよぶ辛苦の日々がルポ形式で描出されている。

ついては「小河内の湯」をみよう。昭和五（一九三〇）年、東京市は水道貯水池を造るため小河内村を水底に沈める小河内ダム建設決定。冬二は、その一年前、小河内村へ。村には武田信玄の隠し湯の一つと伝わる、鉱泉「鶴の湯温泉」があった。

まわりぐるりと「みごとな星図の展開だ」「どこも青い星ばかりだ」というきらめき。ぽつんと「障子に釣洋灯のかげが／鍋のやうなかたちにうつつてゐる」ひそかさ。

できることならばしっかりとこの鄙びた湯治場の景だけでもとどめておきたいものだ。冬二は、ひとりひそかに思いさだめたろう。

「葉の落ちた柿の木の枝に／にはとりがねてゐる」。なんともよろしく侘びた感じではないだろうか。「赤ん坊が泣いてゐる――／……／また　赤ん坊が泣いてゐる」

なお現在、「鶴の湯温泉」は、平成三（一九九一）年、水没により設置した源泉からの汲み上げポンプを補修整備し復活した。そのうちいつか山行の帰り「湯ざめしさう」な温泉に浸かってこようと。

＊田中冬二（明治二七・一八九四〜昭和五五・一九八〇年）。福島市生まれ。詩集「青い夜道」「海の見える石段」「山鴫」

茨木のり子―林檎の木

峯々に　はだら雪
山裾に　淡き花　刷かれ
多摩川の上流は
激々として　岩を噛み
時に
土耳古石の色に凝固し
また
ほぐれ
痛きもの未だに含む早春の雲母《きらら》のうち
若者らの一群

ばーべきゅうを楽しめども
川原にあがる煙の
毛の麁物《あらもの》　毛の柔物《にこもの》は少くて
玉葱臭のみ絢爛たり
眼下に
風景を俯瞰して
高いぷらっとほうむをぶらつけば
線路わきに
一本の煤けし立札

「十数年前　電車の窓から　誰かが
投げた林檎の種が生えて　こんなに
大きくなりました　秋になると
かわいい実をつけます
御岳駅」

林檎の芯を抛りたるは
餓鬼か　闇屋か　復員兵か
実生の林檎の木
ゆくりなくも寒駅のほとりに育ち
いたずらに脆弱にして
われらが戦後に
相似たり

——青梅線・御岳駅にて——

『現代詩文庫20』（思潮社　一九六九年）

舞台は、「御岳駅」。時季は、「早春」。いまだ「峯々に　はだら雪」という。そしてどうやらその描写からして一九六〇年代のたぶん中頃あたりのことだろう。御岳登拝か、河原散策か。

詩人は、ぼうっと本数の少ない帰り電車を待つこと。眼を遊ばせてしょうことなし、「高いぷらっとほうむ」から「多摩川の上流」の、「激々として　岩を嚙み」渦巻く瀬を、「土耳古石の色に凝固し」深潭めく淵を、遠く眺めやるようにしている。するとそのさき「川原にあがる煙の」もとで「若者らの一群」さんたち、おそらく学生のクラブか、あるいは会社のサークルが、わいわい「ばーべきゅうを楽し」まれておいでだ。ところがそれがしかしなんと、いったらいいものだろう。「毛の麁物　毛の柔物（註：上代、神や天皇に捧げる贄《にえ》をいう慣用句）は少くて」とあるから、つまりほとんど滋養分となる肉魚類がないところに「玉葱臭のみ絢爛たり」。というような、はかばかしくないようなありさまとくる。

それから「一本の煤けし立札」が表示する「秋になると／かわいい実をつけます」と美談めく「林檎の木」のそこへ。

いったいぜんたいこの「林檎の芯を抛りたるは／餓鬼か　闇屋か　復員兵か」そんなところではないのか。そしていやなんとも詩人らしく辛辣なることったら！

枝の張り、幹の太さ……。パッとみにも、「いたずらに脆弱にして／われらが戦後に／相似たり」、ザマなるでは、と。

茨木のり子。「寒駅」での寸時の嘱目をもって、なんとも「われらが戦後に」までその視線をとどかせようとは。ついてはこのことの関わりで浮かんできてならない。これはそう、戦時の青春の、ことである。

「根府川／東海道の小駅／赤いカンナの咲いている」「十代の歳月／風船のように消えた／無知で純粋で徒労だった歳月」（「根府川の海」）

なお、現在の当該木の生育実生状態や所在他は不問。

新川和江―源流へ

若者は歌えない
〈多摩川にさらす手づくりさらさらに何ぞこの児《こ》のここだ愛《かな》しき〉
と歌ったのは
千年前の武蔵国《むさしのくに》の若者です
透き徹った水がよどみなく流れていた時代の川のしらべです
多摩川は痩せ　汚れ
白いふくらはぎまで漬かって
手づくりの布をさらす娘も　もういない
歌えぬ若者をひとり伴って

ある秋の日
奥多摩で流れをせき止めている小河内《おごうち》ダムを見に行きました
東京への給水と発電を目的に
一九五七年完成した
非溢流型直線重力式コンクリートダムです
「ものものしい堰堤だこと　まるで城塞のよう」
「雑兵みたいに動員されて　出を待っているわけですね
まわりの山の沢筋を伝って降りて来た水も
天からじかに来た水も」
「ひとつの村を湖底に沈めている水にしては　いやに無表情ね」
「人間だって　大資本下の組織の中に組み入れられれば
三年もたたないうちに　あんな表情になってしまう
ぼくなんかまだ学生だけれど　すでにしてそうです」
「水がいそいそと働いていた頃のことを　わたしは知っているわ

粉碾き小屋の水車を回しに
水が筋肉をもりあげてわれがちに水口へ躍りこんでくるのを
ほれぼれと眺めたものだった……
春浅い頃だったから　あの時小屋で碾いていたのは
桃の節句につく草餅用の糝粉《しんこ》だったのでしょう
そば粉　小麦粉　きな粉　香煎　白玉粉
村人たちが笊に入れてかかえてきた原料を
水の助っ人にたすけられて
粉碾き小屋のおじいさんは　一日じゅう粉を碾いていた……」
「このごろのそば屋のそばは
ほとんどが輸入粉だといいますよ
さっきあそこで食べたのだって　どこの粉だかわかりゃしません」

「もっと奥へ入ってみましょう
この人造湖に流れこむ前の水を見に」

丹波山《たばやま》村という一握りほどの村落に辿りつくと
背後にせり上った山から
潺湲と走ってくる谷川に出会いました
「少年のような水ね　なんという無心な流れ方！
もうじきダムへ集団徴用されるのも　知らないで」
「スキップしてる　まだ小学生だ」
原生林をくぐり抜けて
いきなり明るいところへ出たのが　うれしくてならぬ様子です
しめじをとっての帰りらしい村のお年寄りに
多摩川の下流から訪ねて来ました　と挨拶すると
満足そうに頷いて　話してくれました
「もうちょっと行けば　大菩薩峠ですよ
向う側へ落ちる水は山梨県の笛吹川に注ぎますが
ここらあたりはまだ東京都で
これは丹波川　多摩川の源流です」

「TABAGAWA!」
たどたどしいが　しかし力のこもった声で
その時連れの若者が発音したのです
最初に名付けてそう呼んだ　大昔の奥多摩人のように――
TABAGAWAと唱えるたびに
夜が明けるように明るくなってゆく若者の表情を
目ざましい思いで眺めつつ　わたしは呟きます
「とうとう探りあてたのね　多摩川という笛の歌口を」

『水へのオード16』（花神社　一九八〇年）

「（大菩薩峠は）標高六千四百尺、昔、貴き聖《ひじり》が、この嶺《みね》の頂《いただき》に立って、東に落つる水も清《きよ》かれ、西に落つる水も清かれと祈って、菩薩の像を埋《う》めて置いた、それから東に落つる水は多摩川となり、西に流るるは笛吹川《ふえふきがわ》となり、いずれも流れの末永く人を湿《うる》おし田を実《みの》らすと申し伝えら

れてあります」（中里介山『大菩薩峠』第一巻「甲源一刀流の巻」）

「源流へ」は、作者とおぼしい「わたし」が、ういういしい学生の「若者」を誘って、東京都民の水甕「小河内ダム」（貯水容量：約一億九〇〇〇万立方メートル）を訪ねて、さらには「丹波川多摩川の源流」を探るという。

「若者」は、むろんもちろん古の「〈多摩川に……〉」（『万葉集』巻一四　三三七三。大意「多摩川の水にさらして作る麻の布のように、さらさらに〈ますます〉あの子が愛しく思えるのはなぜなんだろう」）の歌の美しい流れと由縁を知るべくもない。

　それどころか昭和の御世にあった「ひとつの村を湖底に沈めている」そこらの騒擾の経緯についても（参照：田中冬二「小河内の湯」）。むろんもちろん「粉碾き小屋の水車」「草餅用の糝粉」はなんなのかも。

　でそれで「もっと奥へ入って」の促しに乗り水源の山へと入ってゆく。水源は、東京都の最高峰、雲取山（二〇一七メートル）の稜線につづく埼玉と山梨の県境上、笠取山（一九五三メートル）の一滴に始まる。

「少年のような水ね」「スキップしてる」。山襞から多摩川（上流域の山梨県内では丹波川《たばがわ》とも呼ばれる）が、湖へ流れ込んでいる。ときに「若者」が「大昔の奥多摩人のように」歓喜の声を上げる。「TABAGAWA!」と。

それはさてとしていいたい。ここまでの途中のふたりのやりとりだが、いうこと「雑兵みたいに動員されて」「大資本下の組織の中に組み入れられれば」「もうじきダムへ集団徴用されるのも」うんぬん、なんぞという主張なくもがなでは。

しかし終行やよし。いや「多摩川という笛の歌口を」とは。きよく美麗なりだ。

＊新川和江（昭和四・一九二九年〜）。茨城県結城郡絹川村（現、結城市）生まれ。詩集「土へのオード」「火へのオード」

詩の湧く野、武蔵野

正津　勉

武蔵野は、関東平野の西方、はるかに広がる、山を控え、川を流す、その名のとおり野であった。人々は古来、丘に鍬を入れ、また、林で炭を焼いた。そしてその野をへめぐり遊んだものだ。

山は、奥武蔵、秩父、高尾……。特段に用意も要らない、気楽な半日の行である。頂からは、きまって多摩川がはるか、臨まれる。順に、山麓、丘陵、流域、宅地……。それらしき東京スカイツリー。あちこちに人が群れ多く住まっている。そこらいったい寄る辺ないような鬱情や放心がたゆたい流れ漂っているようす。

あるいはきっと、どこかで詩が零れている、らしくあるでは。

日本音楽著作権協会（出）
許諾第二三〇五七九九―三〇一号

本書作成にあたり、連絡のつかなかった執筆者（著作権継承者）がおられます。気がつかれましたら、小社編集部宛にご連絡をお願い申し上げます。

正津 勉（しょうづ・べん）
1945年、福井県生まれ。同志社大学文学部卒業。詩人・文筆家。おもな著書に詩集『惨事』（国文社）、『正津勉詩集』（思潮社）、『奥越奥話』（アーツアンドクラフツ）。小説『笑いかわせみ』『河童芋銭』（河出書房新社）。評伝『山水の飄客　前田普羅』（アーツアンドクラフツ）、『忘れられた俳人　河東碧梧桐』（平凡社新書）、『乞食路通』『つげ義春』『裏日本的』（作品社）など多数。

武蔵野詩抄《むさしのししょう》
国木田独歩から忌野清志郎まで

2023年9月15日　第1版第1刷発行

編　者◆正津《しょうづ》　勉《べん》
発行人◆小島　雄
発行所◆有限会社アーツアンドクラフツ
東京都千代田区神田神保町 2-7-17
〒101-0051
TEL. 03-6272-5207　FAX. 03-6272-5208
http://www.webarts.co.jp/
印刷　シナノ書籍印刷株式会社

落丁・乱丁本はお取り替えいたします。
ISBN978-4-908028-88-5　C0092